「……離していただけますか」
「いや、ここはわたしに任せておけ」
鋼殻のレギオスV
エモーショナル・ハウル

意識が遠のいていく。
「レイとん！」
メイシェンの悲痛な叫び声に突き飛ばされるように、
レイフォンの意識は暗闇の中に飲まれた。

黒ずんだ石があちこちに付着した状態のままの宝石は、
静かな水面のように透明だった。
その中にツェルニがいる。

# 鋼殻のレギオス 5
## エモーショナル・ハウル

雨木シュウスケ

ファンタジア文庫

1290

口絵・本文イラスト　深遊

# 目次

## 登場人物紹介

●レイフォン・アルセイフ　15　♂
主人公。第十七小隊のルーキー。グレンダンの元天剣授受者。戦い以外優柔不断。

●リーリン・マーフェス　15　♀
レイフォンの幼馴染にして最大の理解者。故郷を去ったレイフォンの帰りを待つ。

●ニーナ・アントーク　18　♀
新規に設立された第十七小隊の若き小隊長。レイフォンの行動が歯がゆい。

●フェリ・ロス　17　♀
第十七小隊の念威繰者。生徒会長カリアンの妹。自身の才能を毛嫌いしている。

●シャーニッド・エリプトン　19　♂
第十七小隊の隊員。飄々とした軽い性格ながら自分の仕事はきっちりとこなす。

●ハーレイ・サットン　18　♂
錬金科に在籍。第十七小隊の錬金鋼のメンテナンスを担当。ニーナとは幼馴染。

●メイシェン・トリンデン　15　♀
一般教養科の新入生。強いレイフォンにあこがれる。

●ナルキ・ゲルニ　15　♀
武芸科の新入生。武芸の腕はかなりのもの。

●ミィフィ・ロッテン　15　♀
一般教養科の新入生。趣味はカラオケの元気娘。

●カリアン・ロス　21　♂
学園都市ツェルニの生徒会長。レイフォンを武芸科に転科させた張本人。

●ゴルネオ・ルッケンス　20　♂
第五小隊の隊長。レイフォンと因縁あり？

●キリク・セロン　18　♂
錬金科に在籍。複合錬金鋼の開発者。目つきの悪い車椅子の美少年。

●アルシェイラ・アルモニス　??　♀
グレンダンの女王。その力は天剣授受者を凌駕する。

●シノーラ・アレイスラ　19　♀
グレンダンの高等研究院で錬金学を研究しているリーリンの良き友人。変人。

●サヴァリス・クォルラフィン・ルッケンス　25　♂
グレンダンの名門ルッケンス家が輩出した二人目の天剣授受者。

●ハイア・サリンバン・ライア　18　♂
グレンダン出身者で構成されたサリンバン教導傭兵団の若き三代目団長。

●ミュンファ・ルファ　17　♀
サリンバン教導傭兵団所属の見習い武芸者。弓使い。

●ダルシェナ・シェ・マテルナ　19　♀
第十小隊副隊長。美貌の武芸者。シャーニッドとの間に確執がある。

●カナリス・エアリフォス・リヴィン　23　♀
グレンダンの天剣授受者。女王の影武者を勤めるまじめな女性。

●フェルマウス・フォーア　??　??
念威繰者。ハイアの後見人。過去の素顔を知る者はすでになく、年齢性別不明。

# プロローグ

教鞭《きょうべん》が白板を打つ音でリーリンは我《われ》に返った。

いまいるのは教室だ。授業《じゅぎょう》の途中《とちゅう》で、教師《きょうし》が白板に書かれた内容《ないよう》を、教鞭を使って説明している。

リーリンは慌《あわ》ててその内容をノートに写し取った。

最近、気が付けば手の中で幻《まぼろし》の重さを感じている。

重さとは、あの箱だ。養父のデルクがレイフォンにと手渡《てわた》してきた箱で、中には錬金鋼《ダイト》が収《おさ》められている。

デルクが教えるサイハーデンの刀技《とうぎ》を全《すべ》て修《おさ》めたことを示《しめ》す錬金鋼《ダイト》。

本来ならもっと早くにレイフォンの手にあるはずのそれは、色々な事情《じじょう》が重なって渡されずにいた。

『郵送《ゆうそう》でも、直接《ちょくせつ》手渡してもかまわない』

デルクはそう言った。

そう言われたまま、すでに一月が過《す》ぎている。その間に手紙を送った。こちらは元気でやっているという、ただそれだけの手紙。

(嘘《うそ》ばっかり)

ほんの少しばかり真実と、もしかしたらそうなるかもしれない未来も混《ま》ぜてみた。だけどきっと、レイフォンは気づかないだろう。

(なにせ、鈍感《どんかん》だから)

クラスメートや教師にばれないようにこっそりとため息を吐《つ》き、リーリンはペンの尻《しり》を嚙《か》んだ。

一月、なにも決められないまま過ごしてしまった。あの箱はリーリンの部屋に置かれたままだ。

(送る？　行く？)

行きたいという気持ちはある。

だけど、行けば学校を休まなければならなくなる。

グレンダンからツェルニへ……レイフォンが旅立った半年前なら片道《かたみち》一月ぐらいだったが、いまはどうだろう？　都市はお互《たが》い移動《いどう》している。放浪《ほうろう》バスでの移動は常《つね》に遅《おそ》く見積もるべきだと、誰《だれ》かが言っていた。そうなると片道で三か月は考えた方がいいのだろうか？

往復《おうふく》で半年もかかると出席日数が足りなくなるので、来年、同じ学年をやり直すことになってしまう。

一年も時間を無駄《むだ》にする、ということも問題だが、学費を一年分、余分《よぶん》に負担《ふたん》させてしまうことになるのも問題だ。

レイフォンが闇《やみ》試合に手を出してまで稼《かせ》いだお金を、だ。

デルクは簡単《かんたん》に言っていたし、それぐらいの余裕《よゆう》はいまのデルクにはあるのかもしれない。

レイフォンがああなってしまった原因《げんいん》を、リーリンは察することができる。なにしろ、同じ時間を生きてきたのだから。

原因は、レイフォンがまだ天剣授受者《てんけんじゅじゅしゃ》になる前にあった食糧危機《しょくりょうきき》だ。

グレンダンの生産プラントで家畜《かちく》に原因不明の病気が流行《はや》ってしまい、食糧の生産力が一気に落ちてしまったのだ。

全《すべ》ての都市は自給自足が成り立っている。緊急《きんきゅう》の際《さい》に他の都市から食糧を輸送《ゆそう》してもらうということが事実上不可能《ふかのう》な以上、そうでなければ自律型移動都市《レギオス》として不完全で、滅《ほろ》びるしかない。

逆《ぎゃく》に、だからこそ、こういう事故《じこ》が起きた場合の対処《たいしょ》は難《むずか》しい。不可能ともいえる。

あの時には多くの餓死者《がししゃ》が出た。食糧は配給制《せい》となって、なるべく全ての市民に回るようにはしたようだが、無理があったのだろう。都市を守る武芸者《ぶげいしゃ》に優先《ゆうせん》的に配給されるようにもしたため、あちこちで市民の暴動《ぼうどう》が起きたりもした。

あの頃《ころ》にはすでにデルクは前線を退《しりぞ》いていたために配給される食糧も少なかった。孤児《こじ》院《いん》の子供《こども》たちに配給される食糧など、言わずもがなだ。

それでも、一番苦しかった半年間を過ぎた頃にはなんとか持ち直してきた。レイフォンが天剣授受者になった頃には元に戻《もど》っていた。いたけれど、流通が再開《さいかい》した頃は、まだまだ物価《ぶっか》が高かった。

あの事件《じけん》とそれからのことが、レイフォンの心になにかを植えつけたのは確《たし》かだと思う。武芸者ということでレイフォンは他《ほか》の子よりもたくさんの食糧をもらえていた。

(あの性格《せいかく》で、それが耐《た》えられるわけないもんね)

だからこそ、リーリンはレイフォンのことを想《おも》うのだが……

(ああ、うじうじしてる)

自分でもわかってるのだ。会いたい。

とてもとても会いたいのだ。
（でも……）
この一年を無駄にして良いのか？
（レイフォンのお金で通ってるのに）
なにより……
（そんなことして、レイフォンがどう思うかな……？）
本当に、ずっと気になっているのはこの一事だ。

# 01　想《おも》いの行方《ゆくえ》

奇妙《きみょう》なことをナルキが言った。

「小隊に入れてください」

訓練室にはいつもの通りニーナだけがいた。

床《ゆか》に直《じか》に座《すわ》っていたニーナはその瞳《ひとみ》をきょとんとさせて、レイフォンの隣《となり》にいるナルキを見ている。その手には汚《よご》れた布切《ぬのき》れが握《にぎ》られ、もう片方には錬金鋼《ダイト》がある。すぐそばの床にはスプレー缶《かん》ともう一つの錬金鋼《ダイト》。布切れにはきめの細かい泡《あわ》が引っ付いている。スプレーの中身は滑《すべ》り止め効果《こうか》のある汚れ落としだ。

放課後にメイシェンたち三人とおしゃべりをしながら校舎《こうしゃ》を出、気がついたらナルキだけがレイフォンの隣にいて、しかもそれが練武館《れんぶかん》の前だったというのに驚《おどろ》いたまま、ナルキに促《うなが》されてここまできた。

そして、さっきの言葉だ。

「それはまた、どうして？」

ニーナは他の布切れで手を拭《ふ》くと立ち上がり、ナルキと向かい合う。レイフォンは一歩離《はな》れて二人を眺《なが》めた。

第十小隊との試合の後、一度対抗《たいこう》試合があった。その時にはナルキはいなかった。それ以前に第十小隊との試合以後、ナルキは練武館にも来なかった。だが、それにニーナは怠《たい》慢《まん》だと腹《はら》を立てることもなく、レイフォンたちも普《ふ》通《つう》のことだと思っていた。

ナルキは第十小隊にあった違《い》法酒《ほうしゅ》の嫌疑《けんぎ》を調べるために、潜入調査員《せんにゅうちょうさいん》として第十七小隊に入っていたのだ。ナルキ自身、その調査では結局なにもできなかったし、その後、生徒会長によって捜査《そうさ》の中止を命じられたため、公《おおやけ》には事件自体がなくなってしまった。

それでも、ナルキは事件の顚末《てんまつ》を見届《みとど》けるために第十小隊との試合には参加した。

ニーナを始めとして全員、そこでナルキが第十七小隊にいる理由がなくなったと思っていたのだ。

レイフォンも、ナルキは都市警察《けいさつ》に専念《せんねん》したいと考えていると思っていた。警察官志望《しぼう》で一所懸命《けんめい》なナルキだ。レイフォンのようにあちこちに顔を出すような真似《まね》はしないだろうと思ったのだけれど……

「もちろん、先輩《せんぱい》にまだあたしを使おうって気があればでけっこうです」

「うん。そういうのはわかったから、どうして?」

「それは……自分自身の不甲斐《ふがい》なさを知ったから、としか……」

そう零《こぼ》したナルキが一瞬《いっしゅん》、レイフォンを見た。

「ふうん……」

その視線《しせん》をニーナも追いかける。

ナルキたちがレイフォンの過去《かこ》を気にしているのは知っている。彼女は前回の試合を見ているので特に気にしてるのではないかと思う。

ニーナの視線にはレイフォンを気遣《きづか》う色が見えた。

「そうだな……では、試験をしてみよう」

「え？」

思い付きのような言葉に、レイフォンは目を丸くした。

「お前のときにだって試験はしたぞ。別に、間違《まちが》ってはいない」

「でも……」

レイフォンの言いたいことを察してくれたのか、ニーナは頷《うなず》いた。

「確《たし》かに、最初に入るように願ったのはわたしだ。だが、お前のときでも試験はしたしな。こっちが手加減《てかげん》されてしまったが」

入学式のときのことを持ち出されて、レイフォンはどういう顔をすればいいのか困《こま》ってしまった。

「実力の確認《かくにん》という意味では必要ないかもしれないが、それでも確認したいことはある。どうする？」

「わかりました」

ナルキが神妙《しんみよう》な表情《ひようじよう》で頷く。

「では、やるか」

気楽な様子で呟《つぶや》くと、ニーナは手入れをしたばかりの錬金鋼《ダイト》を手に取り、復元《ふくげん》した。

「…………」

緊張《きんちよう》した表情でナルキも剣帯《けんたい》から錬金鋼《ダイト》を二本取り出し、復元する。ニーナの鉄鞭《てつべん》に比《くら》べればはるかに短い打棒《だぼう》と、鎖《くさり》でできた取り縄《なわ》だ。打棒は都市警察で与《あた》えられる物と同じ形をしているが、それに都市警察のマークはない。これもハーレイの作った物だ。

ナルキは取り縄を左腕《ひだりうで》に巻《ま》くと、空いた手でポケットからなにかを取り出し、レイフォンに投げた。

受け取ったそれは第十七小隊のバッジだ。試験に合格《ごうかく》して、改めて受け取るという意思表示《ひようじ》に違いない。

「レイフォンに助言を求めるなら、時間を置くが？」

「いりません」

「そうか……では、始めよう」

気負いのない声で開始が告げられた。

ナルキが打棒を前に出し、左手を隠《かく》すようにして構《かま》える。対して、ニーナは左の鉄鞭を前に出し、右を下げたままの状態《じょうたい》にした。

お互《たが》いが同じ方向に半身に構えたことになる。利《き》き腕が逆の者同士が対峙《たいじ》するとこの形になりやすいが、二人とも右利きだったはずだ。ナルキの構えが変則《へんそく》的だということでもあるし、取り縄を持つ手を背《せ》に隠すようにしていることから、そこになにかがあると思わせてもいる。

レイフォンの見るところ、ニーナの勝利は動かないように見えた。あの重い鉄鞭を片手で、しかも二本同時に扱《あつか》うために、ニーナは筋力《きんりょく》よりも体術《たいじゅつ》を練熟《れんじゅく》させる方向を選んでいるようだ。力の流し方とその利用はそのまま体術の奥義《おうぎ》にも繋《つな》がる。ナルキの体術にも見るべきものはあるが、それは一年の中では、というレベルでしかない。

ナルキが勝《まさ》っている面があるとすれば、身軽さだろう。長身に似合《にあ》わず、ナルキは素早《すばや》い。全小隊の中で身軽さの代表といえば第五小隊のシャンテだが、彼女とはまた違う側面にナルキの身軽さはあるような気がする。取り縄という変則的な武器《ぶき》を扱うための身軽さだ。

衝勁《しょうけい》に難《なん》があるのがナルキの圧倒《あっとう》的に不利な面でもある。そこをどう克服《こくふく》するか……？

レイフォンがそう考えていると、ナルキが動いた。

「……っ！」

吐《は》き出した息が活剄の熱を散らし、ニーナの懐《ふところ》に飛び込《こ》む。前に出した右の打棒は突《つ》きの形を取っていた。

タメの動作がない突きだ。牽制《けんせい》であることは一目でわかる。ニーナは左の鉄鞭でそれを流す。ナルキの体は勢《いきお》いのまま持っていかれ、たたらを踏《ふ》んだ。

その背に、右の鉄鞭が振《ふ》り下ろされる。

変化が起きた。

ニーナが動く気配を見せた瞬間、ナルキはそのまま前に飛んだ。前のめりのまま宙《ちゅう》に全身を投げ出し、体を捻《ひね》る。天井《てんじょう》を向きながら、左の腕が振るわれ、取り縄が飛んだ。

右の鉄鞭が空を裂《さ》き、ナルキの変化を察知したニーナは右の一撃《いちげき》の流れに沿《そ》って体を宙に飛ばして回転させた。その流れの中、左の鉄鞭が取り縄を受け止める。鎖の先に取り付けられた鉤爪《かぎづめ》が鉄鞭に食らいついていた。

（やった……）

レイフォンは目を見張《みは》った。ナルキの作戦勝ち……というよりもナルキ自身、ここまでの結果になるとは思ってなかったろう。ニーナが宙返りで体勢《たいせい》の立て直しを図《はか》ったために、偶然《ぐうぜん》起きてしまった結果だ。

着地したニーナは胴体《どうたい》に鎖を巻きつけていた。左の鉄鞭に鉤爪が食いついてしまったため、糸巻きのように自分から鎖の縛《ばく》に取り込まれる形になってしまったのだ。

右腕が自由になってはいるが、動きをほとんど束縛された状態であるには違《ちが》いない。

ナルキ自身、自分の成功に驚《おどろ》いている顔をしている。

「これは、まいった」

ニーナも自分のミスに苦笑《くしょう》した。

「だが、まだ終わってないぞ」

ニーナは動く右腕で鉄鞭を構えた。

ナルキも取り縄《なわ》に右腕を添《そ》えるようにして構えなおす。

深い呼吸《こきゅう》音がした。ニーナが活剄を高めているのだ。膂力《りょりょく》を上げてナルキから取り縄を取り上げるつもりらしい。ナルキも活剄を高めて対抗《たいこう》する。

純粋《じゅんすい》な剄の勝負では、やはりニーナに分がある。活剄を高める速度は、レイフォンが剄息のコツを教えてあるだけあって早い。

ナルキの足が床《ゆか》をわずかに滑《すべ》った。力の均衡《きんこう》が傾《かたむ》きつつある。

「面白《おもしろ》いことやってるじゃん」

背後《はいご》からそう言われ、レイフォンは近くにやってきたシャーニッドとフェリに事情《じじょう》を話した。フェリは、二人の対決が始まってすぐにやってきていたが、そのままドアの前に立っていた。その後にシャーニッドがやってきたのだ。

「へぇ……どっちも生真面目《きまじめ》なこって」

「無駄《むだ》な行為《こうい》です」

シャーニッドが呆《あき》れた様子で、フェリが無表情に言った。

「バッジ返さなかったんだから、まだここの隊員だろうに」

シャーニッドがそう付け加える。

その間に、力比《くら》べに決着がついた。

「あっ……」

ニーナがぐいと体を曲げるとナルキの体が引き寄《よ》せられた。取り縄が緩《ゆる》む。わずかに自由になった左腕《ひだりうで》が鉄鞭《てつべん》を捨《す》て、取り縄を掴《つか》むとさらにひっぱり、ナルキの体を宙に投げ飛ばすことに成功した。

（化錬剄《かれんけい》を身につけたら面白いかも）

床に倒《たお》れたナルキに鉄鞭が押《お》し当てられるのを見ながら、レイフォンはそう思った。

「合格《ごうかく》だ」

取り縄を完全に外したニーナはそう言った。

「ありがとうございます」

立ち上がったナルキが深く頭を下げた。

「うん、これからも頼《たの》む」

微笑《びしょう》を浮《う》かべてニーナが頷《うなず》いた。ただ、その微笑にニーナらしい覇気《はき》がない。

第十小隊との試合以来、ニーナの集中力が途《と》切《ぎ》れているようにレイフォンには見えた。さきほどの戦いで見せたミスも、そのせいだ。

時折……ほんの一瞬《いっしゅん》ではあるのだけれど、練習の時に意識《いしき》が別の場所に飛んでいる。都市を思って行動したディンの結末にニーナなりになにかを感じているのだろうけれど、レイフォンとしてはではどうしたらいいか？　というものがまるでないので、この一月はただニーナが怪我《けが》でもしないように気をつけるくらいしかやることがなかった。

「よし、今日の訓練だが、その前に……」

ニーナは全員が揃《そろ》っているのを確認《かくにん》すると、説明を始めた。ハーレイは研究室にこもるらしいので今日は来ない。

「以前に中止していた合宿だが、次の試合に向けてやはり行いたいと思う」

ツェルニがセルニウム鉱山《こうざん》での補給《ほきゅう》を行う間、授業《じゅぎょう》は休みとなっていた。その期間を使って強化合宿を行おうとニーナは考えていたのだが、それは前回の一件《いっけん》で中止となってしまっていた。

「へぇ。でもよ、授業はもうとっくに再開《さいかい》しちまってるぜ？　いいのか？」

「文武両道《ぶんぶりょうどう》がわたしの主義《しゅぎ》だし、できれば授業には参加して欲《ほ》しいが、次の試合は第一小隊だ。その上、武芸大会の方も迫《せま》っている雰囲気《ふんいき》がある。やれるうちにやれるだけのことはしたい」

「まっ、おれは授業が公認でサボれるんだからありがたいけどな」

シャーニッドの返答に苦い顔をしたニーナはレイフォンたちを見た。

「隊長がそう決めたんなら、僕《ぼく》はそれで」

「あたしも授業の遅《おく》れの方はどうにかできると思います」

二人の言葉を受けて、ニーナは最後にフェリを見た。

「どうだ？」

「……ご自由に」

フェリの言葉には、やはり力がない。

「では、詳《くわ》しい日程《にってい》は明日には言えるようになると思う。それで今日の訓練だが、視聴覚《しちょうかく》室《しつ》で戦術《せんじゅつ》研究だ。今年の第一小隊の試合を全《すべ》て見るぞ」

　ということで全員で視聴覚室への移動《いどう》となるのだが、『試合相手の前情報《まえじょうほう》は最大限《さいだいげん》、知らないでいる努力をする』をテンション維持《いじ》のためにモットーとしているレイフォンは、訓練室に居残《いのこ》ることになった。

「合宿か……どうなるのかな？」

　一人で素振《すぶ》りを繰《く》り返すレイフォンは、そう呟《つぶや》いた。

†

「あいつらに言うのか？」

　ニーナの突然《とつぜん》の言葉に、レイフォンは振り返った。

　今日は機関掃除《そうじ》がある日だった。

　レイフォンはニーナと組んで機関部のパイプを磨《みが》いていた。セルニウムを補給したせいか、それとも順調に暑い地域《ちいき》に移動しているためなのか、最近は機関部の内部がとても暑い。レイフォンもニーナも作業着の上着を脱《ぬ》ぎ、腰《こし》に巻《ま》いていた。

「え？」

　レイフォンは首に巻いていたタオルで汗《あせ》を拭《ぬぐ》った。ニーナも汗だくで、着ているシャツが汗で張《は》り付き、体の線が浮《う》いている。目のやり場に困《こま》って、同じように汗を拭っている顔を見るようにする。

「ナルキたちにだ。言ってないんだろう？」

そんなレイフォンにはまるで気付かない様子で、額《ひたい》の汗を拭ったニーナは再《ふたた》びモップを使い出した。レイフォンもそれに倣《なら》って、作業しながら答える。

「あ、ええ……」

先月の試合の前からメイシェンたちは天剣授受者《てんけんじゆじゆしゃ》という言葉を知っていた。どこで聞いたのか知らないけれど、それがレイフォンのことだと知っている上でのことのようだった。

レイフォンの過去《かこ》までは知らないようだ。

それがいいことなのかどうなのか……レイフォンにはいまいち区別がつかない。

天剣授受者にまとわりつくレイフォンのグレンダンでの過去は、気安く人に話せる類《たぐい》のものではない。

それを知れば、メイシェンたちはどう思うか……いいことではない。

だけれど、それを話さないままでいることが正しいことなのかどうかもわからない。第十七小隊の全員にはレイフォンの過去を話している。新たに入ったナルキにだけ話さないのは、彼女を仲間はずれにしているようで、いいことではない。

だけど話せば、メイシェンたちにも知られてしまう。

「隊長は、どう思います？」

「難《むずか》しいな」

ニーナがモップを止めて顔をしかめた。

「問題なのは、彼女らがどう思うかがわからないことだな。わたしなんかは彼女らとの付き合いが浅いんだ。よけいにわからない。レイフォン。どうなんだ、彼女たちは？　お前の話を聞いて、それで距離《きょり》を置くような奴《やつ》らか？」

「それは……」

違《ちが》うとは思いたい。

だけどそれは願望でしかないのかもしれない。もしかしたら距離を置かれてしまうかもしれない。

そうなった時、

（どうすればいいんだろう？）

途方《とほう》にくれてしまう。

「レイフォン……」

「はい？」

呆然《ぼうぜん》としている間に、ニーナはモップを使っていた。慌《あわ》てて自分もモップを動かす。

「……あの時は、すまなかった」

「え？」

こびりついた汚《よご》れから目を離《はな》し、レイフォンはニーナを見た。背《せ》をこちらに向けたまま、モップを動かしながらニーナが続きを口にする。

「卑怯《ひきょう》……と言ってしまったことだ」

「あ、ああ……」

思い出した。

第十七小隊としての初めての試合、第十六小隊に勝利した後でニーナはレイフォンが天剣授受者であると知った。そしてレイフォンが天剣を剝奪《はくだつ》された理由を、闇《やみ》試合に関《かか》わったことを知った。

なぜそんなことをしたのか？　ニーナの問いに、レイフォンは素直《すなお》に答えた。金がいるからと……

そう言ったレイフォンに、ニーナは『卑怯』と言ったのだ。

「いまでも、お前のやったことは卑怯だと思う。だが、お前にはお前の、後には退《ひ》けない理由があった。それを考えずに卑怯の一言で片付《かたづ》けるのは、それこそ卑怯だ」

「そんなことはないですよ」

「いや、そうだ」

レイフォンの言葉を一蹴《いっしゅう》して、ニーナはこちらに背を向けたまま頭を振《ふ》った。

「前にも言ったな。わたしは食べられない苦しさを知らない。知らない者が知らないことを想像《そうぞう》することは許《ゆる》されるだろうが、知っている者の前でそれを語ることが許されるとは思えない」

「それは、たぶん違いますよ」

「いや、違わない」

強硬《きょうこう》に頭を振るニーナに、レイフォンは続けた。

「その場にいる人よりも、離れたところから見ている人の方が正しい場合もあるんじゃないですか？　そういうこともあると思いますよ」

「しかし……」

「少なくとも僕は隊長に言われて、ああそうか、そういう方法もあったんだなって思えましたから」

「レイフォン……」

「隊長は間違ってないです」

振り返ったニーナに、レイフォンは頷《うなず》いた。

届《とど》けられた手紙をテーブルの上に広げて、シノーラは頬杖《ほおづえ》を付いて眺《なが》めていた。

†

「いかがなさいます？」

そう問うのはシノーラの隣《となり》に控《ひか》える女性《じょせい》だ。黒髪《くろかみ》で、女性にしては長身の美女。ソファで面倒《めんどう》そうに手紙を眺めているシノーラに似《に》ている。

カナリス・エアリフォス・リヴィン。

グレンダンの誇《ほこ》る十二人の天剣授受者《てんけんじゅじゅしゃ》の一人は、じっとシノーラからの返答を待った。

ここは槍殻《そうかく》都市グレンダンの中央に位置する王宮。その、王家の暮《く》らす区画の一室だ。

シノーラ・アレイスラ。高等研究院に通う院生というのは仮《かり》の姿《すがた》。

その本名はアルシェイラ・アルモニス。十二人の天剣授受者の頂点《ちょうてん》に立ち、グレンダンを支配《しはい》する女王。その力は天剣授受者をも凌駕《りょうが》する。

その瞳《ひとみ》は気だるげなまま手紙の文面に投げかけられ、唇《くちびる》は柔《やわ》らかく閉《と》じて、沈黙《ちんもく》を維持《いじ》している。

「ツェルニで発見された廃貴族《はいきぞく》。グレンダンに招《まね》くのが得策《とくさく》だと思いますが？」

　重ねるように、カナリスが口を開く。

　手紙の送り主はハイア・サリンバン・ライア。先代サリンバンが死亡《しぼう》したために後を継《つ》いだ若《わか》き三代目だ。

　送り元はツェルニだ。かつて自らが都市外退去《たいきょ》を命じた天剣授受者のいる都市。そこで廃貴族が発見されたというのが文面の内容《ないよう》だ。

「廃貴族の力を存分《ぞんぶん》に操《あやつ》れる者など、グレンダンの外にいるとは思えません」

　カナリスの語調は淡々《たんたん》として、それだけにグレンダンの武芸者《ぶげいしゃ》に対する絶対《ぜったい》の自信が宿っているのが見て取れた。

「…………」

　シノーラはそれでも沈黙を保《たも》つ。頬杖を付いていた手で自分の髪を指に絡《から》ませる。

「陛下《へいか》……」

　カナリスに促《うなが》され、シノーラは吐息《といき》に混《ま》ぜて唇を開いた。

「…………め」

「もしかして、『めんどくさい』とか言うつもりじゃないでしょうね？」

「……だめじゃん。先にそういうこと言っちゃ」

「だめでもなんでもありません」

唇を尖《とが》らせて抗議《こうぎ》するシノーラを、カナリスが冷ややかに見下ろしていた。

「天剣が十二人揃《そろ》わない以上、手に入れられるものは手に入れておくべきです」

レイフォンが天剣を剝奪《はくだつ》されてから、幾度《いくど》か武芸者の試合は行われており、また汚染獣《おせんじゅう》の襲来《しゅうらい》に武芸者が駆《か》り出されてはいるが、その中に天剣授受者となれるような実力者の姿はない。

依然《いぜん》、天剣が一振り空いている状態《じょうたい》が続いている。

「レイフォンが天剣持った時には、ああ、ついに来たのかなって思ったけど、もしかしたらそうじゃなかったのかもね」

「陛下、その時がいつ来るかなど、誰《だれ》にもわかりません。過去《かこ》にも天剣が十二人揃った時がありました。しかし、その時には現《あらわ》れなかった」

「このハイアってのはどうだろ？　なれないかな？」

「陛下……問題を先送りしようとしてますね」

「だってめんどくさいんだもん」

再《ふたた》び唇を尖らせても、カナリスは怒《おこ》らなかった。

「我《われ》ら天剣授受者、陛下の言葉とあれば命も捨《す》てます」

「……レイフォンはたぶん、そうは言わないよ」

「だからこそ、あれは天剣《てんけん》を捨てざるを得なくなりました」

「そうだといいんだけどね」

気負いこんだカナリスの返事を、シノーラは頭を掻《か》きながら聞き流した。

「……陛下がお決めになれないというなら、わたしたちで勝手に選びますが？　手紙にあるよう、学園の生徒を利用したやりかたではレイフォンを敵に回します。そうなれば傭兵《ようへい》団《だん》では経験不足。リンテンスはあれと縁《えん》がありすぎますので外すとして、他の者ならば……」

「……わたしの許可《きょか》もなく、天剣を扱《あつか》おうと言うのかい？　カナリス」

シノーラはソファの背《せ》もたれに体を預《あず》け、仰向《あおむ》けにカナリスを見上げた。

「い、いえ……そのような」

頬《ほお》を緩《ゆる》ませた笑《え》みで狼狽《ろうばい》したカナリスを見つめる。それだけで、カナリスは空気を失ったように喘《あえ》いだ。

そんなカナリスにシノーラは柔《やわ》らかく、言い聞かせるように言葉を続けた。

「確《たし》かに、わたしがここにいない間の執政権《しっせいけん》は君に預けているけどね。うん、君はとても役に立ってる。ありがたい存在《そんざい》だ。……だけど、天剣をどう使うか、それを決めるのはあくまでもわたしだよ」

ち上がる。


「もうしわけ……ありません」

「わかってくれてうれしいよ」

にっこりと笑い、体を起こして視線《しせん》を外す。隣《となり》でカナリスがその場に崩《くず》れ落ちる音がした。膝《ひざ》を付いて震《ふる》えるカナリスを横目で見、シノーラはソファに置いていた鞄《かばん》を掴《つか》むと立ち上がる。

「さて、わたしは研究室に行ってくるね」

「へ、陛下。お待ちを……」

そんなになってもまだ諦《あきら》めないカナリスに、シノーラは苦笑《くしょう》した。

「ま、おいおい考えておくよ」

そう言い残すと、シノーラは部屋を出た。


部屋を出て王宮の廊下《ろうか》を歩く。この廊下は王宮の主要部分からは外れた場所のため、警《けい》護《ご》の武芸者《ぶげいしゃ》の姿《すがた》はない。シノーラが私用で移動《いどう》しやすいように、わざと人を置かないようにしているためでもある。

あまり使われないことを示《しめ》すように、照明も最低限《さいていげん》しか灯《とも》されていない。

太陽の位置が悪いらしく、窓《まど》からの日の光も弱い。

そんな薄闇《うすやみ》の廊下の端《はし》に、一人の姿があった。

「なにか用かい？」

シノーラに声をかけられ、気配の主は窓の前に移動して、身にまとっていた影《かげ》を払《はら》った。

サヴァリスだ。

「陛下においては、ご機嫌《きげん》もよろしく……」

「やれやれ、今日は忙《いそが》しい日だよ」

型通りの挨拶《あいさつ》をして礼をする好青年に、シノーラはため息を吐《は》きかけた。

「……よろしくはなかったようで」

「まったくね。今日は珍《めずら》しく頭を使ったんで機嫌が悪いんだ」

「それは大変ですね」

くっくっと笑い声を零《こぼ》すのに一睨《ひとにら》みしても、サヴァリスは動じなかった。

「ご不快《ふかい》の原因《げんいん》は、手紙ですか？」

差し出された言葉に、シノーラは瞳《ひとみ》を引き絞《しぼ》るように細めた。

王宮に自分の手駒《てごま》でも潜《ひそ》ませている？　シノーラは不機嫌にサヴァリスの笑顔《えがお》を見た。

「……ルッケンスの家は、少し調子に乗っているのかな？　それとも天剣使い全員が調子に乗ってるのかな？　だとしたら、少し引き締《し》めてやらないといけないね」

「とんでもない！　陛下《へいか》に捧《ささ》げた僕《ぼく》たちの忠誠《ちゅうせい》に、一片《いっぺん》の曇《くも》りもありません」

慌《あわ》てて後ろに下がるサヴァリスを冷ややかに見つめる。

「ツェルニの一件《いっけん》を知ったのは偶然《ぐうぜん》です。弟があちらにいますもので……」

サヴァリスの釈明《しゃくめい》をシノーラは黙《だま》って聞いた。

弟……ゴルネオがツェルニの武芸科に所属《しょぞく》していること。小隊というツェルニの制度《せいど》の中で小隊長の一人となっていること。

「つい先ほど、そのゴルネオから手紙が届《とど》きましてね。あちらでの事態《じたい》を知りました。おそらく、傭兵団は陛下にも手紙を送っているだろうと推測《すいそく》しまして。知らなければそれはそれで、陛下にお伝えしなくてはと、ここで待っていたんですよ」

「カナリスに言えばいいじゃない」

「僕は彼女に嫌《きら》われていますからね。それに、僕が忠誠を誓《ちか》っているのは陛下御《お》一人にです。カナリスでもなければ、グレンダンという都市にでもない」

どこか軽い調子でサヴァリスは言ってのけた。

「それで、どうなさるおつもりです？」

「……わたしが不機嫌だと言ってる意味、わかってる？」

「ははぁ、その様子だとカナリスとやりあったようですね」

笑うサヴァリスをまた睨む。

「おっと……できましたら、僕を使っていただければと思って参ったのです」

「行きたいの？」

「向こうには弟もいますし、協力者という点では他《ほか》の者よりも勝《まさ》っているかと。それに、レイフォンとやりあうようなことにでもなった場合、他の連中だとツェルニが壊《こわ》れてしまいますよ」

冗談《じょうだん》のつもりなのだろう、笑うサヴァリスを冷たく見つめていたシノーラだが、ふと思いついて聞いてみた。

「もしかして、レイフォンを殺したい？」

「なぜです？」

サヴァリスは笑みを消さない。ただ、その表情《ひょうじょう》の温度が下がったのだけは確《たし》かだった。

「この間囮《おとり》に使ったのって、たしかレイフォンにだめにされたルッケンスの門人だったよね？　あれの恨《うら》みとか」

「あれは、ガハルドが未熟《みじゅく》だっただけです」

そっけない返事ははずれを引いたことを教えてくれた。

「それなら……なんだろうね」

「陛下……僕は別にレイフォンを憎《にく》んではいませんよ。ただ、廃貴族《はいきぞく》には強い関心があります」

「欲《ほ》しいんだ」

「欲しいですね。陛下に並《なら》ぶその力、使ってみたいとは思います」

はっきりと言ってのけるサヴァリスに後ろめたさはない。

「天剣授受者《てんけんじゅじゅしゃ》はただ強くあればいい。陛下が常々《つねづね》、仰《おっしゃ》っている言葉です」

「ま、一般常識《いっぱんじょうしき》は欲しいけどね」

「それはもちろん」

「ふうん……ま、考えておくよ」

言い捨《す》てると、シノーラは歩き出した。

サヴァリスが道を開ける。

「楽しみにしています」

「はいよ」

振《ふ》り返ることなく、シノーラは手をひらひら振ってそれに答えた。

# 02　その夜のこと

合宿の予定はあっさりと立った。ニーナが事務課《じむか》で申請《しんせい》し、レイフォンたちは授業の一環《いっかん》として合宿ができるようになり、授業を休まなくてもよくなった。

「おいおい……二泊《はく》三日って、休日挟《はさ》んでんじゃん？　意味ねぇ」

「遊ぶつもりか？」

「そういうつもりはないけどよ、せっかくおおっぴらに授業さぼれるんだから平日にしようぜ。ていうか休みなしなんて体に悪いって」

シャーニッドのその言は、ニーナの冷たい瞳であっさりと却下《きゃっか》されてしまっていた。

明日にでも日程《にってい》が言えるだろうとニーナは言っていたが、夜はレイフォンと一緒《いっしょ》に機関掃除《そうじ》をしていた。どこにそんな暇《ひま》があったのかと思えるぐらいに、訓練が始まるこの時間まで色んな場所を走り回っていたのだろう。

そんなニーナの表情には、どことなくいつもの覇気《はき》が戻《もど》ってきているように見えた。目の前の合宿に専念《せんねん》することで第十小隊のことを忘《わす》れられたのかもしれない。

訓練室に揃《そろ》ったレイフォンたちに、ニーナは合宿の予定を告げていく。三日後に合宿所に入り、休日を挟んだ二泊三日だ。

場所は、以前から話していた生産区にある宿泊所。

「あの……」

ナルキが手を上げた。

「あの辺りだと商店もないですけど、食事とかはどうするつもりですか？」

「食料は持っていく。調理は、レイフォンが料理できるようだから、頼《たの》むことになると思う」

「料理できたのか？」

「うん、まぁ……」

頻繁《ひんぱん》にメイシェンに昼食をご馳走《ちそう》してもらっているだけに、レイフォンは困《こま》った笑《え》みを浮《う》かべた。

「あんまり、栄養とかは考えられないんだけどね」

「うまかったから問題なしだ」

シャーニッドが明るく言ってレイフォンの背《せ》を叩《たた》く。ナルキは少し考えてからまた手を上げた。

「なんだ？」

「レイフォンも合宿の訓練メニューをこなすんですし、できれば他《ほか》に料理してくれる人手を見つけるべきではないでしょうか？」

「うん。そのつもりだったんだが、当てにしていた人がその日は予定があるらしくてな……」

ニーナはそう言って表情を曇《くも》らせる。

「よろしければ、友人に料理のうまいのがいますので頼んでみますが」

「いいのか？」

「おそらく、大丈夫《だいじょうぶ》だと思います。料理の腕《うで》はレイフォンも知ってますので」

「やっぱり、メイ？」

「当たり前。それ以外は知らないぞ。不満なのか？」

「いや、そうじゃなくて、いいのかな？　って」

メイシェンは極度の人見知りだ。レイフォンには慣《な》れてくれたけれど、他の連中にはそうではないはずだし、ナルキもレイフォンも訓練に参加するのだから、彼女のフォローばかりしているわけにもいかない。

「そこはなんとかするさ。隊長、では、それでいいですか？」

「うん、頼む」

それで決まり、集合時間などの詳《くわ》しいことをニーナが告げると通常《つうじょう》の訓練となった。

†

ナルキからその話を聞いたメイシェンは一瞬《いっしゅん》、気が遠くなるような感じがしてテーブルに手を付いた。

ここはメイシェンたちの暮《く》らす寮《りょう》のキッチンだ。寮といってもキッチンや風呂《ふろ》が寮全体の共用となっているわけではない。ルームシェアが決まりとなっている3LDKで、それぞれの部屋の中央に位置するようにリビングがあり、その奥《おく》にキッチンがある。

そのキッチンで夕食の支度《したく》をしていたメイシェンは、ナルキに確認《かくにん》した。

「いま……なんて？」

「うん、昨日言ったけど小隊で合宿があるんだ。そこで料理の担当《たんとう》にメイを推《お》したから。もう決定かな？」

「ま、待って……」

ナルキは当たり前のような顔をして野菜の皮むきをしている。メイシェンはエプロンの胸《むね》の辺りを握《にぎ》り締《し》めてナルキを見つめた。

「わたしが……？」

「他に誰《だれ》がいるのさ？　ミィを呼《よ》んだって話にならない」

そのミィフィはキッチンにはいない。自分の部屋にこもってバイト先で任《まか》された記事を書いているらしい。

「でも……」

「授業の方は隊長さんが話を付けてくれるらしいから、欠席にはならないそうだぞ」

「あう……」

断《ことわ》りの文句《もんく》を封《ふう》じられて、メイシェンは呻《うめ》いた。

「なんで？　こういう機会はめったにないと思うぞ？」

メイシェンの態度《たいど》に、ナルキが首を傾《かし》げる。

「でも、だって……いきなり……」

「いきなりって……別にレイとんと二人っきりになるわけでもないんだし」

「それは、そうだよ」

二人っきり……ナルキにそう言われた途端《とたん》、メイシェンは頬《ほお》が熱くなるのを感じた。

「まぁ、二人っきりになるチャンスはあるだろうけどね。レイとんって料理ができるらしいからな。それにあの性格《せいかく》だ。絶対《ぜったい》に手伝うって言うね。他の連中はだめらしいし……」

ナルキはそう言うと、スティック状《じょう》に切った野菜を一本取って齧《かじ》った。

「だから、そんなに上がる必要はないって。前に二人で出かけたりしてるんだから」

「え……うあ……」

「だって、一日中一緒なのはしたことないし」

「や、そこまでずっと一緒ってことはないから、訓練もあるし」

ナルキの冷静な言葉に、メイシェンは少しだけ冷静になれた。

「でも、いいのかな？　邪魔《じゃま》じゃない？」

「邪魔じゃないからこうして言ってるんだ。料理をメイに担当してもらえるなら、食事のことをあたしらが心配する必要もなくなるわけだし」

「そっか……」

だんだんと、メイシェンの中で自分の立ち位置がはっきりしてきた。

料理をする。それはいつものことだ。そのいつものことで、レイフォンたちの合宿を手伝えばいい。それだけのことなのだ。特別ななにかがそこにあるわけじゃない。

あったとしても、心の準備《じゅんび》ができてない。

「ご飯を作ればいいんだね？」

「最初からそう言ってるじゃないか」

ナルキが苦笑《くしょう》して頷《うなず》いた。

「あまーいっ！」

そこに、いきなり声が乱入《らんにゅう》してくる。

「ミィ……話がややこしくなるから、おとなしく待ってろ」

「うわっ、ひど！　なにその扱《あつか》い？　断固《だんこ》抗議《こうぎ》します」

「いいから。これやるから、おとなしくしてろ」

「子ども扱い!?　でももらう……そうじゃなくて」

しっかり野菜スティックを口の中に収《おさ》めて、ミィフィは叫《さけ》んだ。

「それだけで終わらせてどうするのよ？　おもいっきりチャンスじゃん」

「チャンスって、なにがだ？」

「天剣《てんけん》なんとかってのこと」

ミィフィの言葉で、メイシェンは胸が締め付けられたような感じがした。

以前、メイシェンの元に一通の手紙が迷《まよ》い込《こ》んできた。配達員の誤配《ごはい》で届《とど》けられたその手紙はレイフォンに宛《あ》てられたもので、送り主はリーリンという女性だった。

読んではいけないのはわかっているのに、メイシェンは手紙を読んでしまった。

その中にあったのが、天剣授受者《じゅじゅしゃ》という言葉だ。

レイフォンはグレンダンで天剣授受者と呼ばれていたらしい。

都市によっては、優《すぐ》れた武芸者《ぶげいしゃ》に称号《しょうごう》を贈《おく》ることもある。メイシェンたちの故郷《こきょう》であるヨルテムでも交叉騎士団《こうさきしだん》に入ることが優れた武芸者の証明《しょうめい》で、武芸者は皆《みな》、それを目指す。天剣授受者もそれと同じような者に違《ちが》いないとは思う。

レイフォンにそういう称号が与《あた》えられていたとしても驚《おどろ》かない。レイフォンは強いとメイシェンは信じているからだ。

だけど、それならどうしてツェルニにやってきたのか。

一度それを聞こうとして、失敗した。レイフォンとの関係が断《た》ち切れるかと心配したが、そうはならなかった。

だけど、あの時と同じような失敗をしたくなくてずっと聞けないでいた。

「そのことはもういいだろう」

ナルキが顔をしかめる。

「誰だって話したくないことの一つや二つあるだろう？　話してもかまわないことなら、レイとんはもう話してくれてるはずだ」

「それも一理あるね。けどさ……そうやって内緒《ないしょ》ごとにされてるの知っててこれからもうまく付き合えるわけ？」

「む……」

ミィフィの一言に、ナルキが唸《うな》った。

「知ってんだよ。この前の試合が終わった後さ、ナッキはなんか考えてたよね？　あれって、レイとんが関《かか》わってんじゃないの？」

「そんなことはない。それに、もしそうならあたしはそれを言わないとミィたちに信用してもらえないのか？」

「話せることなら話してるでしょ」

「ほれ見てみろ。それを、どうしてレイとんにも適用《てきよう》できない？」

「そんなの当たり前じゃん。あたしとナッキと、あたしとレイとんじゃ、関係性の土台が違うもん」

「なにが違う？」

「わたしは、ナッキがおもらしして泣いてることとか知ってるもん」

「なっ！」

いきなりのことにナルキが顔を真っ赤にしてうろたえた。

「な、泣いてなんかいないぞ！　それに、そもそもあんなことは一回だけで……」

「泣いてました〜。全身プルプルさせて泣くの我慢《がまん》してただけじゃん。目にびっちり涙《なみだ》ためてさ。ああ、いまでも鮮明《せんめい》に思い出せる。あの時ナッキは……」

いしかできない。

「やめんか！」

怒鳴《どな》るナルキとそれをおちょくるミィフィ。その間でメイシェンはあうあうと唸るぐらいしかできない。

ナルキに捕《つか》まったミィフィは首を絞《し》める腕《うで》を叩《たた》きながら叫んだ。

「っていうか！　そんなことを言いたいわけじゃなくて、あたしらはそれぞれ、ちっさい時から知ってるわけじゃん。そんなんなのに、いまさら隠《かく》し事の一つや二つされたって、根っこを知ってるんだから信じられるわけ。でも、レイとんは違うよね。レイとんのことをわたしらは知らない。ツェルニに来る前のこととか、全然。だから知りたいんじゃないわけ？　気になるんじゃないわけ？」

「む……」

ナルキが止まり、ミィフィがその腕から逃《に》げ出す。

「とにかく、レイとんを知りたかったらグレンダンでのレイとんも知ってないといけないんじゃないのって言いたいわけ。以上終了《しゅうりょう》！　お腹《なか》が空《す》いた！」

言いたいことを言うと、ミィフィはさっさとキッチンから出て行ってしまった。

「……まったく、あいつは好き勝手なことを言う」

いまだに顔を赤くさせて、ナルキはリビングに消えたミィフィを睨《にら》んでいた。

「メイ、気にしなくていいんだからな」

「……うん」

だけど、ミィフィの言うことはきっと正しい。

ツェルニでのレイとんはまだ、たった半年間のものでしかない。いまのレイとんがあるのはグレンダンで育った時間があるからだ。

だからこそ、気になっている。

リーリンという女性《じょせい》に嫉妬《しっと》もしている。その時間を知っているから。

(でも……これってわがままなのかな?)

その不安がメイシェンの胸《むね》のうちに張《は》り付いてずっと離《はな》れなかった。

そのせいなのか、夕食の味付けに少し失敗した。

ナルキやミィフィは気付いていたようだけどなにも言わなかった。

(これは信頼《しんらい》?　それとも同情《どうじょう》?)

なんだか、よくわからなくなってくる。

†

額《ひたい》をつつかれて、リーリンは我《われ》に返った。

「なにしてんの？」

テーブルの向こう側から身を乗り出したシノーラが目の前にいた。

「レポート……ですけど」

場所は、図書館だ。テーブルには館内専用《せんよう》の携帯端末《けいたいたんまつ》があり、そのモニターにはいくつもの学術書《がくじゅつしょ》が展開《てんかい》されている。レポートに必要なものをコピーするために流し読みしている最中だった。

「へぇ……」

「なんですか？」

「いやぁ……その割《わり》にはボーッと宙《ちゅう》を見つめてるからさ。わたしがいつからここにいるかわかってる？」

「へ？」

持ち出し禁止《きんし》の図書データがあるため、閲覧《えつらん》や自習の場として提供《ていきょう》されたリーリンのいる辺りには大きなテーブルがいくつも並《なら》び、放課後に勉強をしている学生も多い。

実際《じっさい》、いまもリーリンたちの周りにはたくさんの学生がいた。

そう、テーブルは大きい。

シノーラはテーブルの上で肘《ひじ》を立てて寝《ね》そべっていた。その中間に置かれていた他の学

生たちの携帯端末やら筆記道具やらを蹴散《けち》らして、だ。

周りの学生たちの視線《しせん》はリーリンたちに集中していた。

「って！……なにしてるんですか」

声が大きくなりかけ、リーリンは慌《あわ》てて声を小さくした。

「いや……けっこう長い時間こうしてたよ、わたし？　さすがにそろそろ羞恥心《しゅうちしん》に負けそうなんだけど……」

シノーラの整った顔がわずかに赤らんでいた。

「じゃあ、さっさと降《お》りてください！」

はっきりと迷惑《めいわく》そうな周囲の空気に耐《た》えられなくなって、リーリンはその場から逃げ出した。

「あ、ひど。待ってよ」

携帯端末を返却《へんきゃく》に行くリーリンをシノーラが追いかけてくる。

「リーリンがボーっとしてるから、大丈夫《だいじょうぶ》かなって心配したのにぃ」

「だったら、もっと常識《じょうしき》的な方法で心配してください！」

図書館を出てから、リーリンは真っ赤になった顔で抗議《こうぎ》した。

「いやん、そんなに褒《ほ》めないで」

「……どこをどうすれば褒めたことになるのか教えてください」

「まぁまぁ、そんなにカリカリしないで。ご飯奢《おご》るからさ」

　問答無用で歩き続けるリーリンにシノーラがまとわりつく。

「お断《ことわ》りします。先輩《せんぱい》ってすぐに高そうなところに連れてくし、身の危険《きけん》を感じますから」

　節約生活が身についてるリーリンには高級料理店に定食屋気分で入っていくシノーラの金銭《きんせん》感覚はわからない。

「あ、じゃあ安いのならいいわけ？　じゃ、行ってみたいところあったからそこ行こう」

「え？　ちょ……」

　後半部分をさらりと無視して、シノーラはリーリンの手を掴《つか》むとぐいぐいと引っ張っていった。

　強制的《きょうせい》に連れてこられた場所は停留所《ていりゅうじょ》近くにある公園だった。

「で、これですか？」

　手の中にある紙包みには暖《あたた》かさが染《し》みている。学校前にある停留所近辺には小さな商店が並んでいる。一般《いっぱん》的な雑貨《ざっか》や食料品店から、安くて量のある定食屋や惣菜《そうざい》を売る店もあり、一人暮《ぐ》らしの学生にはありがたい商店街だ。

その中にある一軒《けん》……商店の並ぶ路上で屋台を引いて売っているのが手の中のものだ。

「そ、食べてみたかったのよ」

ホクホク顔でシノーラは紙包みから物を取り出した。油で揚《あ》げたパンに砂糖《さとう》をまぶしてある。

「……なんていうか、先輩ってほんとお金持ちですよね」

揚げパンを食べたことがないなんて……呆《あき》れた気持ちになりながらリーリンも取り出して食べる。香《こう》ばしさとやわらかさと甘《あま》さがきれいに混《ま》ざって口の中で広がる。古い油を使った様子もなく、揚げすぎてもない。

久《ひさ》しぶりに食べた揚げパンは、なかなか美味《おい》しかった。

「ん、美味しい。いいね、これ」

シノーラはあっという間に一つを食べ終わると次を取り出した。一口食べたことで、リーリンも空腹《くうふく》を自覚してそのまま揚げパンを食べる。

隣《となり》で「美味しい、美味しい」を繰《く》り返すシノーラを微笑《ほほえ》ましく感じているうちに、二人とも完食してしまった。

「ん〜食べたりない」

手についた砂糖を舐《な》めながらシノーラが呟《つぶや》く。

「いや、食べすぎですから」

シノーラの手にあった紙包みにはリーリンのものよりも二倍は入っていたはずだ。それをほぼ同じタイミングで食べ切ってまだ足りないなんて言えるとは。

リーリンは抜群《ばつぐん》のプロポーションを保《たも》つ肢体《したい》を眺《なが》めてため息を吐《つ》いた。

「それで、どうやってその体を作ってるんですか？」

「適度《てきど》な運動」

その一言で片付《かたづ》けられては何も言えない。リーリンは唸《うな》りながら自分のお腹《なか》を撫《な》でた。

「では、そろそろシノーラ先輩のお悩《なや》み相談といきますか」

一緒《いっしょ》に買ったホットティーで喉《のど》を潤《うるお》したシノーラはそう言ってリーリンを見た。

「え？」

「この間の悩みがまだ続いてるようなんだけど？　どうなの？」

「この間って、そんな……」

「それとも進展《しんてん》があったわけ？　で、その進展具合がこれまた悩みの種とか？」

「いえ、だから……」

こっちが必死に否定《ひてい》しようとしているのに、シノーラはまるで無視《むし》して話を進めようとしている。

「まぁね、前は真っ暗どん底真《ま》っ逆《さか》さまな感じだったけど。最近は、妙《みょう》にそわそわしたり頬《ほお》を赤くしたかと思うといきなりどーんと暗くなったりって、跳《は》ね虫みたいになってたからね」

「あ……」

自分では意識してなかったけれど、シノーラからみたらそうなっていたらしい。人の目にはそう映《うつ》っていたと想像《そうぞう》して一気に恥《は》ずかしくなった。

「で？　なーにを悩んでるわけ？　お姉さんがスパンと解決《かいけつ》してあげるわよん」

「いえ、あの……」

それでも否定しようと思っていたけれど、リーリンは途中《とちゅう》で言葉を変えた。

「……会いたい人がいるんです」

†

そして合宿の日がやってきた。

路面電車を降《お》りて、果樹園《かじゅえん》の横を歩いていく。時折、芳醇《ほうじゅん》な香《かお》りを伴《ともな》った風が吹《ふ》き抜《ぬ》けていく果樹園を抜けると、視界が一気に開けた。

「うわっ……」

眼前《がんぜん》に広がる広大な平野にレイフォンは声を上げた。肩《かた》から提《さ》げたスポーツバッグには宿泊《しゆくはく》用の衣類その他の荷物、両手にはいっぱいに膨《ふく》らんだ袋《ふくろ》を提げている。ここに来る前にメイシェンたちと買った食材だ。隣にいるナルキも似《に》たような格好《かつこう》になっていた。

「広い、ね……」

メイシェンもその広さに唖然《あぜん》としていた。

背後《はいご》にある果樹園の向こうには、いつだったかメイシェンたちと食堂に行ったときに見た養殖湖《ようしよくこ》がある。

ここは農業科の扱《あつか》う農地の一区画だ。遠くを見渡《みわた》せば、大きな温室が太陽の光を反射《はんしゃ》して輝《かがや》いているのが見える。ニーナの説明ではこの辺りの区画は農閑期《のうかんき》で、いまは作物を植えていない。多少荒《あら》っぽいことをしても問題はないそうだ。

平野の中にポツリと建っている一軒家がある。あれが合宿所だ。

踏《ふ》みならされた道を進んでいくと、次第《しだい》にその合宿所の姿《すがた》が大きくなっていく。到着《とうちゃく》すると、合宿所がかなり大きかったのがわかる。

「来たな」

入り口で出迎《でむか》えてくれたニーナがレイフォンの持つ食材を受け取る。

ニーナに料理を担当《たんとう》してくれたことの礼を言われ、メイシェンはひたすら小さくなってかすれた声で返事をしていた。

そんなメイシェンをフォローしようと、レイフォンは建物を見上げていった。

「大きいですね」

ニーナも一緒に見上げる。

「ああ。ここは、農業科の人たちが泊《とま》り込《こ》むときに使う場所だからな、二十人位は寝泊《ね》りできるようになってる」

「すごいですね」

「ここら辺一帯でツェルニの食糧《しょくりょう》を賄《まかな》っているんだからな、広くもなるさ。こういう施設《しせつ》は生産区のあちこちにある。……こっちだ」

ニーナの案内でキッチンへ向かい、そこで買ってきた食材を冷蔵庫《れいぞうこ》に収《おさ》めていく。

それから、レイフォンたちは割《わ》り当てられた部屋を教えられ、各自荷物を置きにいくことになった。

「今日はもう移動《いどう》やら準備《じゅんび》やらでろくに何もできないだろうから、明日からは覚悟《かくご》しておけよ」

ニーナはそう言い残すとナルキとメイシェンを案内していった。

一人になって、レイフォンは教えられた方向へと進んで自分の部屋を探《さが》し当てると、そこに荷物を置いた。

カーテンを開けて外を見れば、夕闇《ゆうやみ》が近づこうとしていた。

「都市の外れだなぁ」

二階の高さで都市の外縁部《がいえんぶ》が見えてしまう。

一年校舎《こうしゃ》と自分の住む寮《りょう》……普段《ふだん》の移動半径とは違《ちが》う場所から見る光景はまるで別の都市にでも来たような感覚になる。

遠くに来たな……ふと、レイフォンの脳裏《のうり》にそんな感慨《かんがい》がよぎった。

グレンダンで天剣授受者《てんけんじゅじゅしゃ》なんてやってる時は、まさか学園都市にやってくることになるなんて思いもしなかった。

自分の見通しが甘《あま》かったせいもある。いや、そもそもあの時のレイフォンが選んだやりかたは間違っていたのだろうとも、思う。ニーナに言われたせいもある。他にもやりようがあったのではないか？　たぶん、その通りなんだろう。そうしていればリーリンにもあんな苦労をかけなくてよかった。

後悔《こうかい》とともに胸《むね》を過《す》ぎていったのは寂《さび》しさだ。

「リーリン、元気かな？」

寂しさを感じたのは部屋の広さにもあるのかもしれない。ベッドが三つ並《なら》んだ広い部屋。普段はここで、遅《おそ》くまで農作業をした農業科の生徒が寝泊りをするのだろう。そんな部屋にいまは自分一人だ。

一人の部屋を持ちたいというのは、孤児院《こじいん》にいた頃《ころ》からの夢《ゆめ》だった。あの頃も大きな部屋にベッドを並べてみんなで寝ていた。

いま住んでいる寮も二人部屋だけれど、使っているのはレイフォン一人だ。いまのところ同居人《どうきょにん》がやってくる予定はない。

一人で空間を自由に使っていいのはここもあそこも違いはないだろうに。いまのように感じてしまうのは、部屋の広さが孤児院での部屋と同じぐらいの広さだからかもしれない。

「やれやれ……」

一瞬《いっしゅん》、息を止めさせるように湧《わ》いた望郷《ぼうきょう》の念を飲み込み、レイフォンは首を振《ふ》った。寂しいと感じたとしても戻《もど》れるわけがないのはレイフォン自身がよくわかっている。天剣授受者が暴走《ぼうそう》すればどうなるか……それを一般《いっぱん》市民に教えてしまったレイフォンだ。どんな顔をして戻れるというのか。

そんな、埒《らち》もないことを考えている内にシャーニッドとフェリも到着し、レイフォンは呼《よ》び出された。

その日の訓練は本当に簡単《かんたん》に済《す》んだ。

練武館《れんぶかん》のような訓練室はないので、野外での訓練になる。日が沈《しず》めば辺りには建物から零《こぼ》れる電灯以外には照明になるものはない。暗闇での乱取《らんど》りをしばらくして、終了《しゅうりょう》となった。

メイシェンの料理は当たり前に好評《こうひょう》で、食事前はずっと強張《こわば》っていたメイシェンの表《ひょう》情《じょう》がやっと解《ほぐ》れたのを見られて、レイフォンはほっとした。

それからしばらくは大広間で雑談《ざつだん》したりして過《す》ごした。ニーナとシャーニッドは指揮官《しきかん》ゲームという、戦術《せんじゅつ》思考の育成のために武芸科が開発したボードゲームをしていた。メイシェンとナルキは二人で会話をし、フェリは隅《すみ》っこで持ち込んだ本を読んでいる。レイフォンはやることもなく、ニーナたちのボードゲームを横から眺《なが》めていた。

これはマスで分けられた盤上《ばんじょう》に駒《こま》を配置し、敵《てき》の駒の動きを読みながら自分の駒を動かし、相手の指揮官を倒《たお》すゲームだ。

それぞれに独自《どくじ》の盤があり、相手の盤上が見えないように作られている。その上にそれぞれ駒を配置し、動かしていく。

「Bの6周辺に念威端子《ねんいたんし》」

「残念、な～んにもなし」

「なんだと？　くそ……終了だ」

「んじゃ、おれね。Eの3に念威端子」

「……Eの2に前衛《ぜんえい》一体」

「ういさ、狙撃《そげき》……っと」

二人がお互《たが》いに六面ダイスを振り、結果を言い合う。

「よし、かわしたな」

「甘い、もう一回狙撃」

「なっ…………くそっ」

再《ふたた》びのダイスの振り合いの末、ニーナは苦い顔をして盤上から駒を外した。

「うい……終了」

「わたしだな。なら……」

レイフォンが見ている前で二人は駒を動かし、念威端子で相手の駒を探《さが》し出し、狙撃、また近くの駒で攻撃《こうげき》していく。

ゲームは終始シャーニッドの優勢《ゆうせい》で進み、そのまま勝利に終わった。

「えーい……くそっ」

「だ〜から、構成自由《フリールール》で通常構成《つうじょうこうせい》の小隊組んだってしかたねぇって言ったろ？　念威繰者《そうしゃ》2か3、残り狙撃手でやりたい放題ができるんだから」

盤上を睨《にら》んで次の作戦を考えているらしいニーナに、シャーニッドはダイスを弄《もてあそ》びながら悠々《ゆうゆう》と話しかけた。

「うるさい、ちょっと黙《だま》ってろ」

「次はちゃんと構成決めてやろうぜ」

「いや、もう一度同じ構成だ」

「そっちが勝つにはダイス運に頼《たよ》るしかないぜ？」

やれやれと言いながら、むきになったニーナが言うことを聞かないのをわかっているようで、シャーニッドはさっきと同じ構成で駒を並べ始めた。

そのまま続けて三戦してもニーナは勝てなかった。

「もう少しなんだが……」

「もう止《や》めようぜ、いい加減《かげん》だるい」

うんざりと、シャーニッドが駒を放《ほう》って両手を挙げた。

「む……そうだな、もうこんな時間か。風呂《ふろ》に入って引き上げるか」

「あ、風呂があるんですか？」

ニーナの言葉に、ナルキが質問《しつもん》を返した。

「ああ、大きな風呂がある……が、そうかしまった、湯を入れる暇《ひま》がないな」

時計を見て、ニーナはそのことを忘《わす》れていたと困《こま》った顔をした。

「すまんな、今日はシャワーで済《す》ませてくれ。明日は湯を張ろう」

風呂場には男女の別はない。ニーナの指示《しじ》で女性陣《じょせいじん》が先に入ることになり、レイフォンとシャーニッドは移動《いどう》する彼女らを見送った。

「そうか……でかい風呂があるのか、へぇ……」

女性陣がいなくなったところで、シャーニッドがおもむろに呟《つぶや》いたその言葉を、レイフォンはとりあえず聞かなかったことにした。

†

耳に届《とど》く微《かす》かな音で、レイフォンは目を覚ました。

睡眠《すいみん》は十分に足りている。ベッドから出てカーテンを開き窓《まど》を開ける。朝一番の空気はまだ少し肌寒《はだざむ》い。しっかりと体の中にそれを巡《めぐ》らせて、レイフォンは顔を洗《あら》うと部屋を出た。

体が自然に音の方向に向かう。

大勢《おおぜい》の食事を作れる広いキッチンに、一つの背《せ》があった。

「メイシェン、早いね」

「わっ……レイとん？」

鍋《なべ》を抱《かか》えていたメイシェンが驚《おどろ》いて振《ふ》り返った。

「あ、ごめんね。朝ごはん、まだだから……」

「ん、いいよ。手伝う」

「え？　でも……」

「いいからいいから、なんとなく目が覚めたし」

そう言うと、レイフォンはテーブルに並《なら》んだ野菜を洗《あら》っていく。

「けっこうな量だね」

「あ、うん……ついでに夕食の仕込みもしちゃおうと思って」

そう言って、メイシェンは二つの大鍋を用意している。

「ふうん。あ、野菜は僕《ぼく》がやっちゃうから、他《ほか》のしてていいよ」

言って、レイフォンは野菜の皮むきに移《うつ》っていく。

「……でも他のは冷めてもいけないし」

「あ、そうだね」

食材を買うのに付き合ったから、大体どんなメニューになるのかは想像《そうぞう》がついている。レイフォンとメイシェンは並んで野菜の皮を剝《む》いた。

「レイとん……上手《うま》いね」

隣《となり》でメイシェンが目を丸くしている。

「そう？」

答えながらも、レイフォンの手は止まらない。

「小さい頃《ころ》から料理の手伝いはしてきてるからね。下拵《したごしら》えの早さには自信があるよ」

「そうなんだ」

手元の芋《いも》の形を指で覚え、あとはキッチンナイフをその形に添《そ》って刃《は》が当たるようにして、芋を動かす。目を向けている必要もなくやれるだけに、メイシェンの顔色がさっと変わったのをレイフォンは見逃《みのが》さなかった。

「どうかした？」

「え？　ううん、なんでも」

顔色が変わったのを自覚したのだろう。メイシェンは明るく微笑《ほほえ》んで首を振った。

レイフォンは、ああ……と察した。

（もしかしたら……かな？）

「でも、メニューを考えるのが苦手でね。栄養とかバランスとか考えないで作っちゃうから、良く怒《おこ》られてたね」

「……そうなんだ？」

「うん、リーリンにね」

「え？」

「あ、リーリンていうのは僕の幼馴染《おさななじみ》でね……」

と、レイフォンはリーリンの説明をし、彼女との料理に関する、なるべく他人が笑えそうな思い出を話した。料理ができることで、レイフォンに弁当《べんとう》を作っていたことが余計《よけい》なお世話だったのでは、と気を遣《つか》っているに違《ちが》いないと思ったからだ。

予想通りに、メイシェンはにこにこと笑顔で話を聞いていてくれた。

ただ、その表情《ひょうじょう》のまま、話が終わるまで一切《いっさい》変化がなかったことにレイフォンは気付かなかった。

その頃、キッチンの外では。

「……聞こえません」

壁《かべ》に背を預《あず》けて中の様子を窺《うかが》うフェリは、呻《うめ》いた。なにやらレイフォンとメイシェンが仲良く何かを話している。キッチンが広いのが祟《たた》って、なにを話しているのかはわからない。ただ、メイシェンのにこにことした顔が、こちらからはよく見える。

「……もう少し」

近づきたいが、これ以上はキッチンに入ることになる。この位置なら朝一番で野菜の皮剝きをしながら話をしているレイフォンに気配を悟《さと》られることはないようだが、さすがにこれ以上近づけば、こちら側に正面を向けているメイシェンにまず見つかる。

「念威《ねんい》しかありませんね」

半ば本気でそう考えていると、足音がこちらに近づいてきた。

フェリはすぐに壁から背を離《はな》し、いまここに来たという顔をして、やってくる足音の主を見た。

ニーナだ。

「おはようございます」

「ああ、おはよう」

なにくわぬ顔をして挨拶《あいさつ》し、ニーナがそれに応《こた》える。

彼女の視線がちらりとキッチンの中に向けられた。

「朝食を作っているのか」

そう呟《つぶや》いて、鼻を動かす。コンロにかけられた二つの大鍋《おおなべ》の片方《かたほう》からは湯気が上がり、食欲《しょくよく》をそそる匂《にお》いが漂《ただよ》ってくる。その隣ではメイシェンが皮を剝いた野菜をさらに細かく刻《きざ》み、フライパンで炒《いた》めていた。スープの具に火を通しているようだ。

その横で、レイフォンはいまだに大量の野菜を相手に皮剝きをしている。

「手伝うべきかな……？」

ニーナは立ち止まり、首を傾《かし》げた。

「そう……ですね」

手伝うのを口実に中の様子を窺う。いい手だと思った。

だが……

「困《こま》ったことに、わたしはそちらの才能《さいのう》がまるでないからな」

苦い笑みを浮《う》かべるニーナの言葉は、フェリとまったく同じだった。

問題なのはそれだ。

「隊長……料理をしたことは？」

気になって、フェリはニーナを見上げた。

「ある……と言うか、させられたと言おうか、家庭のキッチンは女の城《しろ》というのがわたしの母の考えで、よく手伝わされたし、簡単《かんたん》なものを作らされた。……作らされたんだが、うまくいかなくてな。わたしもキッチンにいるより外で父に稽古《けいこ》を付けてもらうほうが楽しかったし、そちらに逃《に》げてしまった」

フェリの場合は少し違《ちが》う。もともと武芸者《ぶげいしゃ》とは関係のない家だが、その代わりに代々都市間の情報《じょうほう》を買い集め、あるいは売り歩く商売をし、成功している。兄であるカリアンが学園都市に来ているのも、他の都市を見て、情報流通の重要性《せい》を肌《はだ》で覚えるため、というのが理由だ。

そんな家だ。使用人を幾人《いくにん》も抱《かか》えている。料理も専門《せんもん》の者がいた。フェリにとってキッチンとは、そこに行けば誰《だれ》かがいて、お菓子《かし》をもらえる場所だった。

ここにくるまで、キッチンナイフにすら触《さわ》ったことがなく、そしてツェルニに来てからも料理に興味《きょうみ》を示《しめ》さなかったのだから上達するはずがない。

二人して入り口の前で固まっていると、ナルキがやってきた。

「おはようございます……なにしてるんですか？」

「いや……」

ニーナが歯切れ悪く応えるのに、ナルキは首を傾げる。そのままキッチンの様子を見て取ると、手伝おうと声をかけて中に入っていった。

「……彼女も料理はできるのか？」

「そうなのでしょうか？」

二人して覗《のぞ》いていると、ナルキも野菜の皮剝《かわむ》きに参加した。

「できるようですね」

「そうだな」

複雑《ふくざつ》な気持ちの混《ま》じった二人の声が、廊下《ろうか》で虚《むな》しく散っていく。

押し殺した笑い声に振《ふ》り返ると、洗面《せんめん》を終えたばかりらしいシャーニッドが肩《かた》にタオルをかけて立っていた。

「なんだ？」

「いや、なんてぇか面白《おもしろ》いことしてんなぁってな」

「うるさい」

ニーナが唇《くちびる》を尖《とが》らせる。フェリも唇の端《はし》を緩《ゆる》ませてこちらを見るシャーニッドを睨《にら》んだ。

「ふふふ……そんなお前さんらのために、最高のアイテムがあることを教えてあげよう」

「む？」

「……なんですか？」

もったいぶるシャーニッドの態度《たいど》に疑念《ぎねん》と期待半々で注目していると、シャーニッドはどこに隠《かく》していたのか、掌《てのひら》に収《おさ》まる小さな器具を出してきた。

「これはピューラーといって、野菜の皮を簡単に剝くことができるアイテムだ」

「なんだと……!?」

「これの刃《は》を野菜の表面に当てて引くだけで、簡単に皮が剝けちゃうんだぜ」

「そんな便利なものがあるのか」

ニーナが素直《すなお》に感嘆《かんたん》している。フェリも表情を動かさないまでも、食い入るようにその器具を見る。細長い環状《かんじょう》になった薄《うす》い金属《きんぞく》の間に、刃が仕込《しこ》まれた金属の板が挟《はさ》まっている。なるほど、たしかに野菜の表面に当てて引けば、皮が剝けるかもしれない。

これがあれば、キッチンに行ける。

「さあ、これを持って存分《ぞんぶん》に皮を剝きまくるがいいぜ」

フェリが思わず手を伸《の》ばし……ニーナの手とぶつかった。

二人同時にピューラーを摑《つか》む。

「……離《はな》していただけますか?」

フェリは静かに言い放つ。

「いや、ここはわたしに任《まか》せておけ」

ニーナもしっかりとピューラーを握《にぎ》り締《し》めて離さない。

「隊長は、今日の訓練メニューを考えていればよろしいのでは？」

「そういうお前こそ、個人《こじん》訓練の方法を考えてはどうだ？　念威《ねんい》繰者《そうしゃ》の指導《しどう》はできないぞ、わたしは」

「そのことはご心配なく、昔からやってますから」

「わたしだってもう考えているぞ」

ピューラーを中心に二人は静かに緊張《きんちょう》を高めていく。

そこに……

「……なにしてんですか？」

キッチンの入り口にレイフォンがきょとんとした顔で立っていた。

瞬間《しゅんかん》、隙《すき》が生まれた。

「あっ」

ニーナがすかさずピューラーを奪《うば》い取る。

「いや、忙《いそが》しそうだから手伝おうと思ってな」

そ知らぬ顔でニーナがピューラーを握り締めて答える。

「あ、それなら終わりましたから」

レイフォンが笑顔《えがお》で言い、フェリはニーナの背中《せなか》がかすかに震《ふる》えたのを見た。見ているフェリもまた凍《こお》り付いたような気分で立ち尽《つ》くす。

「もうすぐ朝食できますから、準備《じゅんび》とかあるなら終わらせといてくださいよ」

言ったレイフォンはそのままキッチンを出て自分の部屋に戻《もど》っていく。

キッチンからは、たしかに食欲《しょくよく》をそそるスープの匂《にお》いにバターを溶《と》かすフライパンの音がした。

†

朝食が終わり、訓練となった。二泊《はく》三日の内、初日はほとんど訓練に使われていない。明日もそれほどたいしたことはできないだろう。

そうなると、今日一日が本番ということになる。

入念なストレッチで体を解《ほぐ》した後、ニーナが集合をかける。

「今日は試合形式で行う」

ニーナの手には二本のフラッグが握られている。

「って、ちょい待った」

シャーニッドが手を上げた。

「なんだ？」

「試合ったって、うちの人数じゃ満足にできないだろう？」

「それなら、簡単《かんたん》だ。レイフォン」

「はい？」

「お前一人と、残りだ」

「はぁ……」

「ちょっと待ってください」

次に声を上げたのはナルキだ。

「そんなので本当にいいんですか？」

レイフォンの強さは第十小隊との試合で十分に理解《りかい》したが、だからといって四対一で負けるとはさすがに思わない。

「まぁ、やってみればわかるさ」

その考えを読み取ったニーナが意味ありげに言うと、レイフォンにフラッグの片方《かたほう》を投げてよこした。最初に疑問《ぎもん》を投げたシャーニッドもそれ以上は何も言わず、準備を始める。ナルキだけは不満のまま、剣帯《けんたい》から錬金鋼《ダイト》を引き抜《ぬ》いてその重さを確《たし》かめた。

最初はレイフォンが防御側《ぼうぎょ》と決められた。ニーナが指定した位置にフラッグを差し、その場に立って開始を待っている。

レイフォンが移動する前に、ニーナは彼を呼《よ》びとめ、なにかを耳打ちした。レイフォンは微《かす》かに怪訝《けげん》な様子をしたがすぐに頷《うなず》いた。

その後に呼ばれて、ナルキたちは集まった。

「さて、どう攻《せ》める？」

質問《しつもん》はナルキに投げかけられていた。

「一人ですよ？　二人で足止めして、その間にもう一人が取りに行けばいいじゃないですか」

ナルキが投げやりに答える。

「では、そうするか。基本《きほん》はわたしがフラッグに向かう。ナルキは囮《おとり》、シャーニッドは足止めだ。フェリはわたしのサポート」

ニーナの言葉でそれぞれが配置につく。離れた場所にメイシェンが待機していた。その手には音がなるだけの拳銃《けんじゅう》が握《にぎ》られている。ニーナに頷きかけられたメイシェンはこわごわとそれを掲《かか》げて、銃爪《ひきがね》を引いた。

乾《かわ》いた音が遠くまで響《ひび》いていき、開始が告げられる。

「十歩左に、大きく湾曲《わんきょく》する形で向かってください」

ナルキの耳に付いた念威端子《ねんいたんし》越しのフェリの指示《しじ》に従《したが》い、ナルキは大きく湾曲を描《えが》いて走った。その隣《となり》をニーナが走る。ナルキの右側、よりレイフォンに近い位置だ。フェイントのつもりなのだろうか？

「わたしに攻撃《こうげき》してきたらそのままフラッグに向かえ、お前にならそのままわたしが向かう。シャーニッドにならニ人でそのまま行くぞ」

「はい」

ニーナが距離《きょり》を開け、ナルキは速度を上げた。

レイフォンはフラッグから数歩離《はな》れた場所に悠然《ゆうぜん》と立っている。いまだ、錬金鋼《ダイト》を復元《ふくげん》すらしていなかった。遮《さえぎ》るもののないまっ平らな地だ。レイフォンがこちらから丸見えのように、向こうもこちらの動きが丸見えになっている。

だけど、あちらは一人、こちらは四人。対処《たいしょ》のしようはないはずだ。

ナルキたちがフラッグまでの距離を半分まで走破《そうは》したところで、レイフォンが動いた。

いや、消えた。

疾走《しっそう》するナルキは、周囲での自然の風の動きはわからない。自らが起こす風に肌《はだ》を撫《な》でられているからだ。だから、見えたのはレイフォンの足元で土煙《つちけむり》が渦《うず》を巻《ま》いたことだけだった。

「来ます。０４００」

フェリの声。

「後ろ？」

地面を削《けず》って足を止める。

「足に勁《けい》が足りないよ」

その声はすぐそばでした。レイフォンの姿《すがた》が目の前にある。来ると言われた次の瞬間《しゅんかん》にナルキの背後《はいご》にいる。

（なんて速度！）

ナルキはいまだ地面を滑《すべ》りながら打棒《だぼう》を振《ふ》るう。だが、打棒は虚《むな》しく空気を叩《たた》いただけに終わった。また消えた。そう思ったときには腹部《ふくぶ》に感触《かんしょく》。ナルキの視界《しかい》はあっという間に回転し、背中《せなか》が地面を叩いた。

懐《ふところ》に潜《もぐ》り込んだレイフォンが腹部に押《お》し当てた肩《かた》を起点に投げたのだとは気付けず、ナルキは呆然《ぼうぜん》と空を見上げた。

その間に、レイフォンはニーナを追う。これもすぐに追いつかれ、ニーナも投げられて宙《ちゅう》に舞《ま》った。

射撃音《しゃげき》をナルキは耳にした。

次の瞬間に宙で小さな爆発《ばくはつ》が起こる。

まさか、フラッグめがけて発射《はっしゃ》された剄弾《けいだん》を衝剄《しょうけい》で撃《う》ち落としたとはすぐにわかるはずがない。ナルキがその爆発の意味にようやく気づいた時にはシャーニッドもまた宙に舞っていた。

レイフォンがそのまま悠々とフラッグに向かって歩いていく。フェリは無抵抗《むていこう》。

「負けた……？」

信じられないものを見る目で、ナルキはレイフォンの背中を見た。

「さて、次はどう攻める？」

今度もレイフォンが防御側に回った。

ニーナが楽しそうに声をかける。ナルキはいまだに信じられない気持ちでいた。

（あれが……レイフォン？）

ナルキたちと授業《じゅぎょう》を受けたりおしゃべりをしたりしている時は、どこかふらふらとした感じで頼《たよ》りないのに、いまさっきのレイフォンはどうだ？

いや、武芸者《ぶげいしゃ》としてのレイフォンがとても強いことは知っていた。対抗《たいこう》試合の観客席から、そして試合に参加して間近で見た。

ナルキでさえ知っている有名な武芸者集団《しゅうだん》、サリンバン教導傭兵団《きょうどうようへいだん》を相手に一歩も引かず、それどころかその団長を名乗る少年を相手に一騎打《いっき う》ちをして、勝っているのだ。

強いのはわかっている。

レイフォンは、とても強いのだ。

だけど、実際《じっさい》にそのレイフォンを相手にするとまた感じ方が違《ちが》う。武芸科の授業の時に相手をしてくれるレイフォンとはまた違う。あの時はナルキの実力に合わせた動きをしてくれていた。

いまのは違う。

圧倒《あっとう》的に負けた。

負けた上でそれでもわかるのだ、手を抜《ぬ》かれたと。

なにしろレイフォンは錬金鋼《ダイト》を剣帯から抜いてもいなかった。素手《すで》だったのだ。

それだけじゃない。その素手で殴《なぐ》るわけでもなく、あくまでも投げにこだわっていた。そんなことができるほどに、ナルキを含《ふく》めた四人とレイフォンの間には実力差があったということになる。

まだ、ニーナたちは作戦を練っている。

その声を聞いているうちに、ナルキはふつふつとした怒《いか》りが湧《わ》いてくるのを感じた。圧倒的な実力差に対する諦念《ていねん》のような感覚はない。ただ、傲慢《ごうまん》とすらとれるレイフォンのあの態度《たいど》をどうにかへし折ってやりたいという思いしかなかった。

「では、それでいくぞ」

ニーナが作戦を説明し終え、ナルキは頷《うなず》いた。

そのナルキを見て、ニーナはにっと笑《え》みを浮《う》かべた。


昼食は、メイシェンが大量のサンドイッチとクッキーを焼いてくれた。サンドイッチで腹《はら》を膨《ふく》らませ、クッキーで糖分《とうぶん》を補給《ほきゅう》する。スポーツドリンクを飲み干《ほ》して、そのまま先ほどまでの続きをする。

構成《こうせい》は午前と変わらない。

攻守《こうしゅ》を替《か》えて日が落ちるまで繰《く》り返されたが、最後までレイフォンに勝つことはできなかった。

空が赤く染《そ》まってからは中止され、自由訓練となった。ここでレイフォンはようやく錬《ダ》金鋼《イト》を復元《ふくげん》し、一人で打ち込《こ》みを始めた。ニーナも同じく打ち込みを始める。フェリは念《ねん》威端子《いたんし》を全《すべ》て解放《かいほう》して、どこか遠くに飛ばしていた。シャーニッドは硬《かた》く固めた土球を何個《こ》も用意し、それを何個か連続で高く遠投すると素早《すばや》く狙撃銃《そげきじゅう》で撃《う》つということを繰り返した。

ナルキはしばらく動けなかった。メイシェンが持ってきてくれたスポーツドリンクを抱《かか》えて、しばらく地面に寝転《ねころ》がって荒《あら》い息を吐《は》いていた。

ようやく起き上がって、ナルキはスポーツドリンクをゆっくりと飲むとレイフォンを見た。

絵の具を滲《にじ》ませるようにゆっくりと深まっていく夕闇《ゆうやみ》の中で、レイフォンは青石錬金鋼《サファイアダイト》の剣《けん》を右に振《ふ》り、上から落としを繰《く》り返している。活剄が満ちた体を縦横《じゅうおう》に動かして打ち込みをしているのだ。風がもっと唸《うな》ってもいいだろうに、レイフォンの周囲はひどく静かだった。

以前、レイフォンに付いていってニーナが個人訓練している姿《すがた》を見たことがある。その姿を、ナルキはきれいだと思った。鬼気迫《ききせま》る雰囲気《ふんいき》で剄をまとって鉄鞭《てつべん》を振る姿に、迫力《はくりょく》と美しさがあった。

いまのニーナはその時の鬼気迫る雰囲気はないものの、動きによりのびやかさが増《ま》したように見えた。前よりもきれいだと思う。

だけど、レイフォンの隣《となり》では色あせる。

そこにあるのは完成されたなにか、だった。なになのかはよくわからない。だけど、夕闇に青い斬光《ざんこう》が一つ二つと走るたびに、胸《むね》を打つものを感じた。

それは寂《さび》しさでもあり、厳《きび》しさでもあり、憧憬《しょうけい》でもあった。

渾然《こんぜん》一体となった不可思議《ふかしぎ》な心の動きにナルキは戸惑《とまど》う。背後《はいご》を見ればメイシェンの姿がない。きっと夕食の用意をしているのだろう。

(惜《お》しいな)

目を外せたことにほっとすらしながら、そう思った。メイシェンがいたら、もしかしたら泣いていたかもしれない。

なんだか、あの動きの一つ一つにレイフォンのいままでがあるような気がしたのだ。美しく、胸を突《つ》き、そして哀《かな》しい。

普段《ふだん》は気弱げで、どこか頼りないレイフォンに一体どんな過去《かこ》があったのかと思ってしまう。

(ああ、そうか……)

ナルキは得心した。メイシェンが惹《ひ》かれたのは、たぶんこれなんだろうなと思った。あの入学式の一件《いっけん》のどこでそれを感じたかまではわからないけれど、それを理解しているかどうかもわからないけれど、感じてしまったのだろう。

ナルキの都市警《けい》での上司、フォーメッドも言っていた。

「あれは、年に見合わない人生を歩いている。あいつを見て、その深さが知れるようになるといいな」

その言葉が、ナルキを第十七小隊に残らせた原因《げんいん》だ。フォーメッドが見て取った深さとはなんだろうという好奇心《こうきしん》に第十小隊との試合でのレイフォンが被《かぶ》ったのだ。

その深さとは、今目の前にあるものだろうか？

たぶんそうなんだろう、ぐらいにしか答えは出ない。

ナルキは起き上がると、錬金鋼《ダイト》を掴《つか》んで打ち込みの練習を始めた。こんなところでのんびりしていてはいつまでたってもお荷物のままだ。

それは武芸者としてのナルキのプライドが許《ゆる》さない。

気合の声を上げて、ナルキは打棒《だぼう》を振り下ろした。

†

夕闇が去り、本物の闇となったところでニーナが訓練の終わりを告げた。

キッチンに入れば、すでに空になってせっつく胃《い》を誘惑《ゆうわく》する匂《にお》いが満ちていた。メイシェンが朝から仕込んでいたシチューだ。朝食に出されたあっさりとした野菜のスープではない。

「たまんねぇな、こりゃ」

時間をかけて肉と野菜に味を染み込ませた濃厚《のうこう》な香《かお》りに食欲《しょくよく》が刺激《しげき》されて、シャーニッドがうめいた。

「……た、たくさん作りましたから」

「お、そりゃありがたいね。たくさんいただくとしよう」

シャーニッドがいち早く席に着き、ニーナたちもそれに倣《なら》う。レイフォンとナルキは配《はい》膳《ぜん》を手伝った。

「あ、すまん。わたしたちも……」

「いいですよ。こういうのは後輩《こうはい》に任《まか》せてください」

ニーナが立ち上がろうとするのを、レイフォンはやんわりと止める。

メイシェンが作ったのはシチューの他《ほか》に、サラダと鳥肉の香草蒸《こうそうむ》しだ。そしてパンが並《なら》び、レイフォンたちもテーブルについた。

メイシェンの料理は匂いを裏切《うらぎ》らない味を舌《した》に伝えた。朝から運動しっぱなしだったレイフォンたちは美味《うま》さと空腹《くうふく》の相乗効果《こうか》でほぼ無言で食べ続けた。最初は心配そうだったメイシェンだが、その光景を見てほっとし、最後には嬉《うれ》しそうにレイフォンたちが食べるのを眺《なが》めていた。

「レイとん、ちょっといいか？」

食事が終わり、昨夜のように広間でニーナとシャーニッドが指揮官《しきかん》ゲームをしているのを眺めていると、ナルキがそう耳打ちした。

振《ふ》り返るとナルキが黙《だま》って広間の外に出るように言っている。そこにはメイシェンもいた。ナルキはすぐに広間の外へと出て行く。

レイフォンはついに来たかと思った。ニーナたちを見ると、ゲームに集中していてこちらを見ていない。フェリもまた広間の隅《すみ》で本を読んでいた。

レイフォンは立ち上がると、ナルキの後を追った。


盤上《ばんじょう》を眺めていたニーナは、ふいと顔を上げてレイフォンの去った後を視線《しせん》で追った。

来るべき時が来たなと思った。どちらにしろ、第十七小隊にいてレイフォンのことを秘《ひ》密《みつ》にしておくのは難《むずか》しい。いずればれることなら、誰《だれ》の口からでもなくレイフォンが話すべきだと考えてはいた。いたが、最後に決断《けつだん》するのは自身だと、ニーナは機関掃除《そうじ》の時に言っている。

言ったが、心配なのは変わりない。

「ま、なんとかなるんじゃねぇの」

シャーニッドがダイスを弄《もてあそ》びながらそう言う。

「ナルキは都市警にはいりたがるぐらいに道徳《どうとく》心が強い。そこが、やはり心配だな」

「堅物《かたぶつ》のお前さんがどうにかなったんだから、大丈夫《だいじょうぶ》だろ」

「わたしはそこまで堅物じゃない」

「わかってないのは自分だけってか？」

そう言って笑うシャーニッドの背後《はいご》をフェリがこそこそと出て行く。きっとレイフォンたちの後を追うのだろう。

「ニーナは行かないわけ？」

背後が見えているかのようにシャーニッドが言う。

「行かん」

短く答えるとニーナは盤上を睨《にら》み付けた。

シャーニッドは苦笑《くしょう》して手の中にあったダイスを転がした。


ナルキたちに誘《さそ》われるままにレイフォンは合宿所の外に出た。明日には出て行くことになる合宿所から漏《も》れる光以外は、半欠けの月とまばらな星の光しかない。活剄《かっけい》を走らせないままでは視界はぼやけたままだが、レイフォンはそのままで闇《やみ》に半ば埋《う》もれたナルキたちの背を追った。

夜道に不安そうなメイシェンはナルキと手を繋《つな》いでいる。

しばらく、このまま歩き続けた。明かりもなく、整地された道があるわけでもない農地だ。ここまで離《はな》れると危《あぶ》ないと思ったが、口にはしなかった。レイフォンとナルキがいれば、どうにでもなると思ったのだ。

後ろを見れば合宿所の明かりはまだ届《とど》いている。その安心感もあった。

結局、レイフォンたちは外縁部《がいえんぶ》に近い場所まで歩いた。風除《よ》けの樹林《じゅりん》が農地を仕切るように走っている。

黒い壁《かべ》のようにそびえる樹林の前で、メイシェンが足を止めた。次いでナルキが。

レイフォンも足を止めた。

ぐるりとメイシェンが振り返った。そこにどんな表情《ひょうじょう》があるのか、この暗闇ではわからない。

口火を切ったのはナルキだった。

「この場にミィもいれば、それなりに形も整うんだけどな……仕方ない。レイとん、わたしたちはお前のことをもっと知りたいと思ってる」

ナルキの言葉は武芸者《ぶげいしゃ》らしく、端的《たんてき》だ。

「うん」

暗闇の中で、レイフォンは頷《うなず》いた。

また、しばらく沈黙《ちんもく》があった。

「……ただの好奇心《こうきしん》じゃないことは承知《しょうち》して欲《ほ》しい。わたしたちとレイとんは、この半年間うまくやれたと思う。都市の外に出たっていう心配だけじゃない。わたしたちは三人でいすぎたところもある。だから、その中にレイとんが入ったことに本当は驚《おどろ》いてる。だけど、このままわたしたちとレイとんっていう関係のままにしたくない。レイとんも含《ふく》めてわたしたちって言いたい。だから、聞きたいことがあるんだ」

ナルキの影《かげ》が動いた。メイシェンが身じろぎするように震《ふる》え、小さな、息を飲むような音が漏れた。

「……天剣授受者《てんけんじゆじゆしや》ってなんだ？」

問いは、やはりナルキから発せられた。

ナルキは、その言葉を知った経緯《けいい》を話した。リーリンからの手紙がメイシェンの元に紛《まぎ》れ込んだこと、そして読んでしまったこと。

レイフォンは驚いた。話からして、ニーナに渡《わた》されたあの手紙のことだ。あの時、どうしてニーナがその手紙を持っているのかと驚いた。彼女は練武館《れんぶかん》のロッカールームで拾ったと言っていた。どうしてそんな場所にあったのかとレイフォンはずっと首を捻《ひね》っていたのだ。

「……ごめんなさい」

メイシェンが謝《あやま》る。その、震える声は涙《なみだ》をこらえているのだと思った。

「いいよ」

気の弱いメイシェンが涙をこらえて謝っているのだ。心からのものだとすぐに感じて、レイフォンは責《せ》める気にはなれなかった。

「天剣授受者だったね」

いつのまにか胸《むね》にたまっていた息を吐《は》き出して、レイフォンは語った。

天剣とは、レイフォンの生まれ故郷《こきょう》である槍殻《そうかく》都市グレンダンに住む武芸者の中でも十二人にしか与《あた》えられない秘奥《ひおう》の錬金鋼《ダイト》であり、それを授《さず》けられた者を天剣授受者と呼《よ》ぶ。

レイフォンはその天剣授受者だった。

十二人目の天剣授受者。

レイフォン・ヴォルフシュテイン・アルセイフ……そう呼ばれていた。

しかし、レイフォンにとって天剣授受者であることに喜びも誇《ほこ》りもなかった。ただ、金を稼《かせ》ぐために才能《さいのう》があると言われた武芸をがんばっていたらこうなった、という以外のなにものでもない。

生きるためには金がいる。この時のレイフォンは、ずれた歯車のような空回り感があったかもしれない。金が必要だと感じた食糧危機《しょくりょうきき》はすでに過《す》ぎていた。しかも、金があるから食糧が手に入るとは限《かぎ》らないのだ。あの時は都市全体で食糧が欠乏《けつぼう》していたのだから。しかし、一番ひどい時期を経験《けいけん》したのはとても幼《おさな》い時だ。経済《けいざい》活動の基本《きほん》を理解《りかい》したような年頃《としごろ》だったし、実際《じっさい》に養父であるデルクは清貧《せいひん》を旨《むね》とする人物だった。

グレンダンにいた時は盲目的《もうもくてき》に衝動《しょうどう》に従《したが》った。そうすることが、武芸者の律《りつ》に背《そむ》いていたとしても正しいことだと信じていた。

そしてそのために武芸者の力と技《わざ》を純粋《じゅんすい》な見世物にする闇試合に出ることも厭《いと》わなかった。

闇試合の話になると、ナルキが動揺《どうよう》したのが気配で伝わってきた。都市警《けい》に勤《つと》めるほどに正義感《せいぎ》が突出《とっしゅつ》したナルキには信じられないことかもしれない。

「……それで、どうなったの？」

メイシェンが声を絞《しぼ》り出すようにして聞いた。

「ばれたよ。それで天剣を剝奪《はくだつ》されて都市外退去《たいきょ》を命じられた。猶予《ゆうよ》期間をくれたり、財《ざい》産《さん》を没収《ぼっしゅう》されなかったのは陛下《へいか》の慈悲《じひ》だね。おかげで園にお金を残すことができた」

そう……清貧を旨とするデルクが経営《けいえい》する孤児院《こじいん》だ。色々なところで資金《しきん》不足の問題があった。それを解消することができたのだ。レイフォンのやり方は間違《まちが》ってない。天剣授受者であった時にデルクの園以外にも寄付《きふ》をしている。そのためにあまり多くのお金は残せなかったけれども。

「……それで、ここに？」

「そう」

さっぱりとした気持ちでレイフォンは頷いた。ここに来るまではついに来たかと緊張《きんちょう》していたけれど、話し出すとその緊張が徐々《じょじょ》にほどけていくのを感じた。

（なるようになる）

そういうなげやりな気分が混《ま》じっていたことは否《いな》めない。

だが実際、過去《かこ》を聞いてどうするかはメイシェンたちに委《ゆだ》ねられている。レイフォンにどうすることができるわけでもない。

自分がやり方を間違っていたことはわかっている。でも、考え方が間違っていたとは思っていない。武芸者の力は、レイフォンの才能は確《たし》かに都市を守るために必要なものかもしれない。だが、それを自分の周囲の人々を守るために使ってはいけないというのは納得《なっとく》できない。

以前にナルキが、都市か人かと言われたら人を取ると言った。おそらく、レイフォンもナルキと同じ側の考え方の人間なのだ。

だからこそ、天剣授受者《てんけんじゅじゅしゃ》でいることができなかった。

「だけど、本当の問題は闇《やみ》試合に関《かか》わってたことじゃない」

ガハルド・バレーンとの試合にこそ、レイフォンが都市の外に追われた理由がある。

「天剣授受者になれるような連中は、剄《けい》も才能も他の武芸者《ぶげいしゃ》なんかよりもずっと、比《くら》べものにならないくらい化け物じみてる。そんな化け物が武芸者の律から外れても平気な顔をしている……それを知られちゃいけなかったんだ。武芸者以外には対抗《たいこう》できないのが武芸者なのに、天剣授受者はその武芸者たちを簡単《かんたん》に凌駕《りょうが》する。そんな連中が律から外れているなんて、知られちゃいけなかったんだ」

天剣授受者の候補《こうほ》にまでなったガハルドを、尋常《じんじょう》ではない剄で踏《ふ》み潰《つぶ》すように倒《たお》してしまったことにこそ、問題があった。

「僕《ぼく》は……化け物だ」

あえて自分をそう呼んだ。

「だから、僕を怖《こわ》がったって、なにも悪くない」

言い含《ふく》めるように、ゆっくりと言葉を紡《つむ》ぐ。

ナルキが息を飲んだまま動かない。

メイシェンは自分の体を抱《だ》くようにして震《ふる》えている。

伝わっただろうか？

メイシェンはわからない。だけど、ナルキには伝わったはずだ。今日の訓練、それ以前にハイアとの一騎打《いっき》ちを見ているナルキにはレイフォンの強さが伝わったはずだ。

それだってレイフォンの実力の一部分でしかないのだけれど。

言うべきことは全《すべ》て言ったと、レイフォンは二人の反応《はんのう》を待った。暗闇の中、二人の表情《ひょうじょう》はわからない。驚《おどろ》いているのか、恐《おそ》れているのか、泣いているのか……

「……わ」

口を開いたのはメイシェンだ。

「わたしは……」

震えながら声を絞り出したメイシェンが、そこで言葉を止めた。

「わたしは……」

ゴ…………

「え？」

いきなり地面が揺《ゆ》れた。一歩前に踏《ふ》み出したメイシェンの顔が月明かりで明らかになる。目に涙《なみだ》をためて、何かを訴《うった》えようとしていたその顔が異変《いへん》に気付いて固まった。

背中《せなか》を嫌《いや》な予感が走って粟立《あわだ》たせた。レイフォンは前に出るとメイシェンの腕《うで》を摑《つか》む。

「ナッキ！」

叫《さけ》ぶ。

瞬間《しゅんかん》、足場が消失した。

地面が一瞬だけすり鉢状《ばちじょう》になった。次の瞬間には三人もろとも重力の虜《とりこ》になる。

(落ちる)

視界《しかい》の端《はし》でナルキが素早《すばや》く反応《はんのう》しているのが見えた。剣帯から錬金鋼《ダイト》を抜《ぬ》き出す。復元《ふくげん》。ハーレイの手によって調整された取り縄《なわ》を上に投げる。何か硬《かた》いものに巻《ま》きつく音が届《とど》いた。

「レイとん！」

ナルキが落ちながらレイフォンに手を伸《の》ばす。片手《かたて》でメイシェンを抱《だ》き寄《よ》せ、もう片方の手をナルキに……届かない。指先が擦《こす》れあい、繫《つな》がれることのないままレイフォンとメイシェンは暗い奈落《ならく》に落ちていった。

## 03　暗闇《くらやみ》で。そして……

　大気の中を滑《すべ》り落ちていく感触《かんしょく》を味わいながら、レイフォンは自由な左手をなんとか剣帯に伸ばし、錬金鋼《ダイト》を引っ張《ぱ》り出した。

　鼓膜《こまく》を覆《おお》う轟音《ごうおん》の中で声を張り上げ、復元。剄を走らせた剣身に土砂《どしゃ》の雨の中に何とか届いている月光を反射《はんしゃ》させて視界を瞬間確保《かくほ》する。鋼糸《こうし》が使えれば楽ではあるけれど、いまは封印《ふういん》されていて使えない。

「ちっ！」

　瞬《また》きのような青い反射が知らしめた状況《じょうきょう》に、レイフォンは舌打《したう》ちを吐《つ》いた。

　メイシェンをかばいながら、不自由な体勢《たいせい》で剣を振《ふ》るう。上から土砂の塊《かたまり》が落ちてきていた。たとえ柔《やわ》らかい土でも大質量《だいしつりょう》となればそれだけで人を殺せる。振るった剣先から放たれた衝剄《しょうけい》で土砂を破壊《はかい》する。

　それだけじゃない、大量の土砂に混《ま》じって金属《きんぞく》特有の嫌な高音と存在《そんざい》感を主張《しゅちょう》しながら落ちてくるものがある。

　耕地《こうち》を支《ささ》えていた鉄骨《てっこつ》に違《ちが》いない。都市を守る無機プレートを支える鉄骨だ。それがあり、さらにこんなに長く落ちているということは、有機プレートなども崩《くず》れているということになる。

土砂という目くらましに隠《かく》れて、大質量の凶器《きょうき》がそこかしこにある。

冷たい緊張《きんちょう》が体内を駆《か》け抜《ぬ》け、レイフォンはなんとか少しでも剣を動かしやすい体勢を作ろうとする。

(僕はともかく……)

レイフォン一人ならばどうとでも対処《たいしょ》できる状況だが、いまは片手にメイシェンを抱《かか》えている。動きは大きく制限《せいげん》される。剣を振る動作だけのことではない。レイフォンが本気で動いたときに生じる速度と衝撃《しょうげき》に、武芸者《ぶげいしゃ》ではないメイシェンの体や神経《しんけい》がもたないかもしれない。

「…………」

悲鳴を上げることも忘《わす》れてしがみついているメイシェンを感じながら、レイフォンは迫《せま》る巨大《きょだい》な気配に剣を振り続けた。メイシェンを抱えなおして右手で剣を握《にぎ》りなおすという動作すらも惜《お》しむほどに、土砂や鉄骨などの巨大なものが迫ってくる。レイフォンは衝剄で弾《はじ》き、あるいは剣で打って自らの位置を動かしながら落ちていく。土砂の粒《つぶ》が肌《はだ》を打ち、有機プレートを構成《こうせい》する蔓《つる》がしなって背中を打つ。鈍《にぶ》い反響音《はんきょうおん》を振りまきながら落ちてくる二組の鉄骨を打ち砕《くだ》き、生まれた火花の雨で状況を確認《かくにん》する。

自分の位置をずらしてやり過《す》ごした鉄骨の上に立ち、より自由な動作範囲《はんい》を得て、さらに果断《かだん》に剣を振る。

(また壊《こわ》すかも)

本来の動きを制限されて剣を使っているのだ。斬線《ざんせん》は無様で、纏《まと》わせた衝剄で力任《まか》せに砕いているというのが現状《げんじょう》だ。剣に良いわけがない。

(保《も》ってよ)

祈《いの》りながら、レイフォンは落ちてくる物体を払《はら》い続けた。

そうやって、上にばかり集中していたのが災《わざわ》いした。いや、月明かりすらも遠のき、もはや鉄骨を打った時の火花以外に視界の元になるものをなくした状態《じょうたい》で、音と気配だけを頼《たよ》りに落下物を防《ふせ》いできたレイフォンだ。その神経は限界まで張り詰《つ》めていた。落下までの残り時間を先に落ちた鉄骨たちの激突《げきとつ》音の反響で判断《はんだん》していた。

だが、失念していたことがある。

「ひゃぁ」

「うあっ！」

もう少し……と思ったところでレイフォンの足場が激《はげ》しく揺《ゆ》れた。レイフォンたちの落下していた先には、すでに先客の土砂やその他が山をなしていた。土砂だけならばともかく、土砂に埋《う》もれるように突《つ》き刺《さ》さった鉄骨の位置まで反響音で把握《はあく》できるわけがない。レイフォンが足場にしていた鉄骨は、まさにそういう状態にあったものに激突したのだ。

落下が一転、メイシェンを抱えたレイフォンは斜《なな》め上に投げ飛ばされた形になった。

「あ、あああああ」

落下から上昇《じょうしょう》。状況の変化にメイシェンの混乱《こんらん》もまた変化した。初めて上がった悲鳴に押《お》されるようにレイフォンの腕《うで》の中でメイシェンが暴《あば》れた。

体勢が崩れる。

「くっ」

額《ひたい》からこめかみに線を引くように激痛《げきつう》が走った。それほど大きななにかではない。砕け散った破片《はへん》の一つだろう。だが、それが熱い痛《いた》みをレイフォンに貼《は》り付け、一瞬《いっしゅん》浮かんだ焦《あせ》りを押し流した。

なんとか着地したレイフォンは、そのままメイシェンを両腕で抱《だ》き上げる。落下物が降《ふ》りしきる半径から脱出《だっしゅつ》するために、レイフォンは無心で走った。

轟音《ごうおん》が足元を揺《ゆ》さぶり、背中を乱暴《らんぼう》に突いてくる。頭上に迫る気配にレイフォンは跳躍《ちょうやく》する。

着地。もう、頭上に迫る気配はなかった。いまもなお落ちてくる気配はあるけれど、それも少なくなってきている。いまはもう、落下音よりも都市の足を動かす機械の轟音の方が大きくなっていた。

念押しにもうしばらく先に進み、レイフォンはようやく足を止め、その場にメイシェンを下ろした。

「あ……あ、あ……え？」

「大丈夫《だいじょうぶ》、もう大丈夫だよ」

光の届《とど》かない暗闇《くらやみ》でメイシェンの顔が見えない。急激な状況《じょうきょう》の変化に言葉がうまく出てこないようだ。自分を抱いて震《ふる》える彼女にレイフォンは上着をかけてやり、肩《かた》を撫《な》でる。

「ちょっと、様子を見てくるね」

肩を撫で続け、メイシェンに落ち着きが見えたのを確《たし》かめて、レイフォンは立ち上がった。

「あっ……！」

メイシェンの手がレイフォンの手を摑《つか》む。

「……あ、ごめん……なさい」

その後で、搔《か》き消えるように呟《つぶや》くと、メイシェンは手を離《はな》した。

（ああ、そっか……）

こんな、何も見えない暗闇に一人では心細いに違《ちが》いない。様子見をやめて、レイフォンはメイシェンの隣《となり》に座《すわ》った。

「あ、いいです。行ってください」

「もう少し待ってからでも大丈夫《だいじょうぶ》だよ。一緒《いっしょ》に見に行こう」

いつものように慌《あわ》てた顔をしてくれていれば良いと思った。混乱《こんらん》が収《おさ》まりつつある証拠《しょうこ》になる。

「それにしても……びっくりした」

頭上を見上げても何も見えない。

こんな場所があるなんて考えもしなかった。都市の地下は、機関部と下部出入り口があるだけだと思っていた。

よく考えてみれば、機関部とそれだけで地下の空間が全《すべ》て埋まるわけがない。

（落ちた場所が外縁部《がいえんぶ》に近かったんだから、この辺りは足を動かす機械があるかな？）

視線《しせん》を巡《めぐ》らしてみてもやはり暗闇ばかりだ。機関部とはまた違う轟音の反響《はんきょう》は全身を圧迫《あっぱく》するかのようだから、近いのは間違いないかもしれない。だけれど、落ちる時にいろいろと動いてしまってもいる。さっき走った時は方向なんて気にもしていなかったから、あの場所からは離れたかもしれない。

「…………」

かすかに、肩になにかが触《ふ》れた。衣擦《きぬず》れの音。メイシェンの肩だ。

「もうちょっと我慢《がまん》して。きっと、みんなが見つけてくれるから」

「はい……」

そっと地面に投げ出されていたメイシェンの手を摑んだ。

「あ、あの……」

「昔の話をしようか」

「え？」

「グレンダンでの話」

「あ……」

「ずっと前にも、こういう暗いところにいたことがあるんだ。都市の外で、汚染獣《おせんじゅう》の巣だった。まだ天剣授受者《てんけんじゅじゅしゃ》になってない頃《ころ》で、今以上に子供《こども》だった。視覚を使わないで戦う訓練はしてたから、戦ってる間は心配なんてなにもなかった。夢中《むちゅう》になって戦ってれば良かったから……」

念威繰者《ねんいそうしゃ》が発見した母体の巣を強襲《きょうしゅう》したレイフォンたちは、そこで生まれたばかりの幼《よう》生体《せいたい》の群と戦うことになった。

「戦ってる間はよかったんだ。何も考えなくて良い。ただ、自分がいままで覚えたことを吐《は》き出してれば良かった。でも、終わってからがだめだった」

汚染獣が幼生体を産むためだけに作ったような地下の穴《あな》だ。激《はげ》しい戦闘《せんとう》に耐《た》えられるものではなかった。出口が埋《う》まり、十数人の武芸者《ぶげいしゃ》が地下に取り残される形になった。

その中にレイフォンもいた。

「念威繰者のサポートがあったから、救助が間に合うのはわかってたんだ。だけど、暗いっていうのは不安になるよね。いまのメイの気持ちはよくわかるんだ……」

「ごめんなさい……」

「なんであやまるかな？」

「だって……レイとんは出口を探《さが》しに行こうとしてくれてたのに」

「きっと、すぐに見つけてくれるよ。僕《ぼく》が動くよりももっと上手にできる人がいるんだから」

そう、だから……

「だから、あの時は怖《こわ》くなったんだ」

「え？」

「戦ってる時は自分の全力を出してればいい。だけど、それが終わったら……」

自分にはなにもできることがなくなってしまう。

その感覚は嫌《きら》いだ。

じりじりとただ、誰《だれ》かがなにかをしてくれる時を待つのは嫌いだ。

「レイとん……レイとん！」

「……え？　なに？」

「……ううん」

メイシェンの不安げな声。首を振《ふ》ったのがレイフォンのかけた制服《せいふく》を撫《な》でる髪《かみ》の音でわかった。

（やばいな……）

ぼんやりとするこの感覚はまずい。このせいでどうにも嫌《いや》な考えに捕《と》らわれそうになっている。寒いのもいけない。光の届《とど》かない、鉄の臭《にお》いが冷たく充満《じゅうまん》する中で体温が徐々《じょじょ》に奪《うば》われていた。

冷たさが体から力を奪っていく。それは、あの時の感覚と似《に》ている。何もできないままに貧《まず》しさが厳《きび》しくなっていくあの時の感覚だ。なにかをしなければいけないと思いながら、何もできないことを思い知らされるあの感覚だ。

「レイとん……大丈夫《だいじょうぶ》？　寒くない？」

「ありがとう。大丈夫」

メイシェンの言葉に短く答えて、レイフォンは膝《ひざ》を抱《だ》いた。

「なにが大丈夫なものですか！」

激《はげ》しい語気が冷たい轟音《ごうおん》を引き裂《さ》いて響《ひび》いた。

フェリの声だ。

「よかった。見つけてくれた」

いきなりの他者の荒々《あらあら》しい言葉に、メイシェンが驚《おどろ》いてしがみついてくる。レイフォンは力の入らない顔でほっとした笑《え》みを作った。

「え？」

メイシェンの驚く声。肩の辺りを摑《つか》んだ手が離《はな》れ、なにかを確《たし》かめるように手を動かしている。

「それは当たり前のことです。それよりもあなたのことをわたしは言っているんです」

淡々《たんたん》とした言葉にははっきりとした怒《いか》りが宿っていて、レイフォンは肩をすくませた。

「すぐに隊長たちがやってきます。あなたは動かないでください」

わずかな時間を置いて、フェリがそう言った。一つの事実を飛び越《こ》えての言葉には、焦《あせ》りが混《ま》じっている気がした。

「レイとん……？」

だけど、もう遅《おそ》い。メイシェンは気付いてしまった。彼女は手に張《は》り付いてしまった乾《かわ》きかけの粘《ねば》つく感触《かんしょく》のものを確かめている。粘着質《ねんちゃくしつ》のある濡《ぬ》れた音がその手からしている。

「レイ……とん」

緊張《きんちょう》と呆然《ぼうぜん》がないまぜになった言葉が繰《く》り返される中、レイフォンは緩《ゆる》んだ心の隙間《すきま》から、急速に空気が漏《も》れる音を聞いていた。

意識《いしき》が遠のいていく。

「レイとん！」

メイシェンの悲《ひ》痛《つう》な叫《さけ》び声に突《つ》き飛ばされるように、レイフォンの意識は暗闇《くらやみ》の中に飲まれた。

†

リーリンは目覚めてまず時計を確認《かくにん》した。長針《ちょうしん》の位置に首を傾《かし》げながらベッドから起き上がり、自分がパジャマにも着替《きが》えていないことに気がついた。

カーテンは閉《し》めたのではなく、学校に出かける前に閉《と》じてそのままにしておいたのだろう。開けると、暗闇に沈《しず》んだ街並《まちな》みが覗《のぞ》いて初めて、日が昇《のぼ》る前の時間だということを理《り》解《かい》した。

呆然としたまま、昨日のことを思い出す。シノーラと公園で揚《あ》げパンを食べ、今の自分をありのままに話した。

他人に自分の悩《なや》みを打ち明けるというのは、助言を求める他《ほか》に今の自分を整理し、客観的に見るという効果《こうか》もあるらしい。話すうちに段々《だんだん》と自分がなにをしたいのかが浮《う》き彫《ぼ》りにされていく様にリーリンは慌《あわ》てた。慌てながら、それは最初からわかっていたことなのだと思い知らされる。

「会いたい人がいます」

打ち明けた最初の言葉。それこそが全《すべ》てなのだ。そしてその会いたい人にどう思われるかで悩んでいた。

だが、どう悩もうとそこには答えなどないのだ。その答えはリーリンではなく、遠くツェルニにいるレイフォンこそが持っている。ここで悩んだところで得るものは何もない。

そう言ったのは、シノーラだった。

「自分の中にないものを求めたって、どうにもならないよ」

揚げパンの紙包みをカサカサと握《にぎ》りつぶしながら、シノーラは呟《つぶや》いた。リーリンはその横顔を見た。笑《え》みを絶《た》やさない彼女から笑顔が消えていた。公園の真反対をみつめるその瞳《ひとみ》は驚くほどに端正《たんせい》だけれど、なにも見ていないのははっきりとしていた。

「そんなものを探《さが》していたって、ただ疲《つか》れるだけ」

ぼそぼそと紡《つむ》がれていく言葉にリーリンは耳を傾《かたむ》け続けた。もう、シノーラの顔を見ようとは思わなかった。そこにいるのはリーリンのよく知る変な先輩《せんぱい》ではなく、なにか美しい別の生き物だった。

「手に入らないと諦《あきら》めるのは簡単《かんたん》だ。人は自分の命だって簡単に投げ捨《す》てられる。諦めることを習性《しゅうせい》にできるのが人間なんだ。目の前のものをあっという間に過去《かこ》の美しい思い出に変えることができるんだ。記憶《きおく》だけを愛《め》でて生きていくことは簡単だよ。リーリン、あなたがそうしたいと思うのなら、そうすればいい」

シノーラの言葉は冷たく、容赦《ようしゃ》がない。

「だけど、諦めることはいつだってできる。傷《きず》つくのが嫌《いや》だと言ったところで、嫌なことなんてどこにだって転がっている。死にたくないと願ったってある日突然《とつぜん》に死んでしまう。それでも諦めるという選択肢《せんたくし》を誰もが簡単に行ってしまう。それはどうしてだと思う?」

ぼそぼそとした呟きにリーリンは嫌な予感を感じた。その先の言葉は聞きたくないと思った。

だけど、シノーラの呟きを止めようと体が動くことはなかった。

「リーリン、君はただ、自分が傷つくのが嫌なだけなんだよ」

「っ！」

反論《はんろん》しようとして、そのための言葉がなにもないことに気付いた。そうではないとただ叫ぶことさえできない。形にすらならなかった言葉の塊《かたまり》を喉《のど》の奥《おく》につっかえさせて、リーリンは喘《あえ》いだ。

「傷つくのを恐《おそ》れるのは間違《まちが》った行動ではないよ。だけど、傷つかないものに美しいものがないのも確《たし》かだ。どんな美しいものだって生まれたそのときはただの汚《きたな》い石くれだ。その中にあるものを削《けず》りださなければなにも出てこない。出てきたそれがどんな形になるかは出てこなければわからないけれど、ただ汚かった頃《ころ》よりははるかに美しいものになっていると思うのだけどね」

言い終えると、身動きのできないリーリンを置いてシノーラは公園を出て行った。

シノーラの気配が公園から完全に消えうせて、リーリンは一人で自分の寮《りょう》に戻《もど》り、そしてそのままベッドに倒《たお》れこんで眠《ねむ》ってしまった。

おそらくその時のリーリンに必要だったのは眠りだったに違いない。シノーラの言葉は、自分の中で形にならなかったものに方向性を与《あた》え、変化させようとしていた。

その変化を受け入れるために、リーリンは眠らなければならなかったのだ。夕方から早朝まで、自分でも驚《おどろ》くほどの長い時間をかけて、その変化に体を慣《な》らせるために他のなにもできないように眠ってしまったのだ。

眠りすぎたことに疲労《ひろう》は感じなかった。驚くほどに体が軽い。

「行こう」

リーリンは誰にともなくそう呟くと、再《ふたた》びカーテンを閉め、暗い中で服を脱《ぬ》いだ。シャワーを浴びよう。体についているあらゆるものを流し落として、新しい自分を動かすために。

†

次に気が付いた時は病院のベッドの上で、目にしたのは女性看護師《かんごし》の顔だった。彼女はすぐに医師《いし》を連れて戻ってき、検査《けんさ》となった。

「今年の一年で一番病院を使っているな、君は」

「そうですね」

主治医となった医療科《いりょうか》上級生の苦りきった顔に、レイフォンは腕《うで》に繋《つな》がった点滴《てんてき》の管に視線を逃《に》がした。

怪我《けが》は額《ひたい》からこめかみにかけてと、右肩《みぎかた》、背中《せなか》の裂傷《れっしょう》。その他にも大小の傷があちこちにあるが、気絶《きぜつ》するまでに出血した原因《げんいん》はこの三つだった。

「一番問題なのは背中だな。背骨《せぼね》の一部が割《わ》れて、破片《はへん》が脊髄《せきずい》に侵入《しんにゅう》している。手術《しゅじゅつ》で除《じょ》去《きょ》しなければならないが……」

主治医は、一度ためらって言葉を切った。

「後遺症《こういしょう》が残りますか？」

「残らんよ。除去手術に失敗したって、再生《さいせい》手術をすれば元に戻る。脳か頸脈《けいみゃく》が壊《こわ》れないかぎり、死ぬ前に設備《せつび》の整った病院に入れれば大抵《たいてい》の病は治る。それがいまの医学だ。いっそ除去手術ではなく、脊髄の取替《とりか》え手術の方が気楽なぐらいだ」

ざっくばらんにそう言われた。

「じゃあ……？」

「取替え手術だと、体力の回復《かいふく》とリハビリに時間がかかる。除去手術の方が術後の回復は早いさ。……だが、次の対抗《たいこう》試合には出せられんな。ドクターストップだ」

「ああ……なるほど」

「驚かないんだな？」

「二度目ですし」

以前に、ニーナが倒れて試合が不戦敗になったことがある。

「でも……僕のせいでっていうのは、ちょっときついですね」

「君のせいではないだろう。あれは事故《じこ》だ」

事故……あの崩落《ほうらく》事故は都市部を支《ささ》える土台の老朽化《ろうきゅうか》が原因であろう……という話だった。詳《くわ》しい調査《ちょうさ》は今現在《げんざい》も続けられているそうだが、そのような結論になるだろうということだ。調査に並行して、建築科《けんちくか》の上級生たちによって全域《ぜんいき》の土台調査が行われているというのも、主治医が教えてくれた。

「いまはゆっくり休め。病人の仕事は早く元気になることだ」

聴診器《ちょうしんき》型のセンサーを首に引っかけ、検査を終えた主治医は病室から出て行った。

息つく暇《ひま》もなく、出て行く主治医の脇《わき》をすり抜《ぬ》けてニーナが入ってきた。

「大丈夫《だいじょうぶ》か？」

いま病院にやってきたらしいニーナはその手に花束を持っていた。

「すいません、試合に出れないみたいです」

「バカ、そんなことは気にしなくていい」

花束を脇に置き、ニーナが手近の椅子《いす》に座《すわ》る。

ニーナの説明では合宿の夜……あの地下で気を失ってからすでに三日が経《た》っていた。あのすぐ後にフェリの念威端子《ねんいたんし》がレイフォンたちを探《さが》し出し、救い出されたということらしい。

「わたしの時にお前は言ったじゃないか。これは本番じゃない」

「そうですね」

だけど、合宿をするぐらいニーナは第一小隊の試合に気合を入れていたし、以前の試合からようやく立ち直っていたように見えただけに、このつまずきは最悪だと思ってしまう。

「それに試合を投げたりはしない」

「え？」

「お前に教えてもらった訓練法は決して無駄《むだ》じゃない。わたしたちだって強くなった。このまま試合を投げるには惜《お》しいと思うぐらいにな。他の連中とも話し合って、試合は棄権《きけん》しないことにした」

「そうですか、よかった」

「だから、お前はゆっくり体を治すことを考えてくれ」

ニーナに励《はげ》まされ、レイフォンは頷《うなず》いた。

「メイ……メイシェンは無事でしたか？」

巻《ま》かれた包帯の奥《おく》で引き攣《つ》れた感じがして自分の怪我を認識《にんしき》すると、メイシェンのことが頭に浮《う》かんだ。医師が検査していた時には、まだ頭がうまく動いてくれなかった。

「彼女なら大丈夫だ。大きな怪我はしていない。擦《かす》り傷ぐらいのものだ」

「……よかった」

「すまない。わたしが煽《あお》ったからだな」

本心で安堵《あんど》したレイフォンの隣《となり》で、ニーナが表情《ひょうじょう》を暗くしてうな垂《だ》れた。

「そんなことないですよ。先輩《せんぱい》のせいじゃない」

「しかし……」

「あんなことが起こるなんて誰《だれ》にわかるっていうんです？」

なるべく冗談《じょうだん》めかしてそう言う。

「それは……そうなんだがな」

納得《なっとく》できていない様子のニーナは、脇に置いた花束に目をやった。一瞬《いっしゅん》だけレイフォンはその視線《しせん》を追い、それからニーナに戻《もど》す。

いまだに花束を見つめるニーナの横顔に、レイフォンは首を傾《かし》げた。

「どうかしました？」

「ん？　なにがだ？」

「えと……なんだか、そんな感じがしたから」

「なにもない。お前の気のせいだよ」

「なら、いいんですけど」

「変な奴《やつ》だな」

笑うニーナの顔は、やっぱりなにかひっかかりがあるような感じがした。

「それに、お前こそどうなんだ？」

「え？」

「なにか、思うところがあるような顔をしているぞ」

「いや……なにも」

「嘘《うそ》をつくな。お前の隠《かく》し事は気になるんだ」

言うと、ニーナは見舞《みま》い者用の椅子からベッドの端《はし》に腰《こし》を動かしレイフォンに顔を近づけた。

点滴《てんてき》の管が邪魔《じゃま》して動けないレイフォンは、迫《せま》るニーナから逃《に》げられない。

「隠し事はないですよ。いや、ほんとに」

「本当か？」

「本当ですって」

にじりよるニーナの顔はきつい。それがふっと、気弱な色を見せた。ほんの一瞬のことだったが見間違《みまちが》いではない。レイフォンの表情でそれに気づいたらしく、はっとした顔を見せると視線を逸《そ》らした。

「近すぎる」

「え？　それ僕《ぼく》のせいですか？」

「そうだ。お前のはっきりとしない顔のせいだ」

そう言いながらもニーナはその場から動こうとしない。

「……ただ」

「ただ……？　なんだ？」

「ちょっと、寂《さび》しいかなって思っただけです」

「寂しい？」

「ええと……最後まで言わないとだめですか？」

「だめに決まってるだろう」

再《ふた》び顔がこちらに向く。凛《り》々《り》しい瞳《ひとみ》に覗《のぞ》き込《こ》まれて、レイフォンは「まいったな」と呟《つぶや》いた。

「自分がいなくてもなんとかなるんだなぁって思ったら、ちょっと……」

「バカ」

最後の方をうやむやにするとニーナは即座《そくざ》にそう言い放った。

「なんとかなるのではなくて、なんとかするんだ。……お前がいた方がいいに決まっているだろう」

再び視線を逸らしたニーナの顔は、真っ赤に染《そ》まっていた。


ニーナが去ってしばらくして、フェリがやってきた。

「バカですか？　あなたは」

「うわぁ、開口一番でそれですか？」

「そう言いたくもなります」

フェリはあからさまに怒《おこ》っていた。それでもニーナが置いていった花束に目をやると、自分が手にしているものと合わせ、洗面《せんめん》台にあった花瓶《かびん》に生けてくれた。

「もう少しで、出血多量で死ぬところだったんですよ」

「すいません」

振《ふ》り返ったフェリに睨《にら》まれて、レイフォンは小さくなった。

「あなたなら、もっとうまくできたんじゃないですか？」

「あれが限界《げんかい》です。一般《いっぱん》人を庇《かば》いながら全力なんて出せませんよ。剄《けい》の余波《よは》で大変なことになるし」

「それで、あなたが大怪我《おおけが》ですか？」

「まだまだ未熟《みじゅく》ってことですね」

「本当にそうですか？」

「え？」

「……なんでもないです。それよりも、次の試合をどうするか、知ってますか？」

「あ、さっき隊長が来て、教えてくれましたよ」

「そうですか？　隊長が……授業《じゅぎょう》を抜《ぬ》けてまでここに来たんですか？」

そう言われて、レイフォンは個室《こしつ》内を見回して時計を探《さが》した。壁掛《かべか》け時計は夕方になったばかりを示《しめ》している。ニーナが来たのは、時計を見てなかったので正確《せいかく》な時間はわからないけれど、体感では授業中の時間ぐらいになる。

「あ、ほんとだ」

「……ずいぶんと仲がよろしいことで」

「ええ？」

「あの生真面目《きまじめ》な隊長が、授業を抜けてまで……その時間だとあなたが意識《いしき》を取り戻《もど》したこともわかってなかったと思いますけれど？　わたしも放課後に聞きましたし。よほど心配だったんですね」

「あ、や……そうかも知れないですね」

「フォンフォンも隊長の言うことには素直《すなお》に従《したが》うし……仲が良くてけっこうなことですね」

「……怒ってません、フェリ先輩《せんぱい》？」

「…………」

「フェリ……は」

睨まれて、言い直す。

「怒っていませんよ。ただ、事実を冷静に分析《ぶんせき》してみようと努力しているだけです」

「は、はあ……」

「彼女たちに、グレンダンの話をしたようですね」

「え？　あ、はい」

いきなりの話題の転換《てんかん》にレイフォンは戸惑《とまど》いながら頷《うなず》いた。

「彼女たちにまで知ってもらうことに意味があるんですか？」

「意味っていうか……もう隠《かく》してられないなって思ったから……」

「じゃあ、隠してられなくなったら、この学園中にあなたの過去《かこ》を話すんですか？」

「それは……」

たぶん、しない。

カリアンもそれを望まないだろうと思う。自分がしたことは一般人にとってあって欲《ほ》しくないことだから。

「あなたは……あなた自身のことを考えなさすぎます」

「え？」

「メイシェン・トリンデンにナルキ・ゲルニ。そしてミィフィ・ロッテン……ナルキ・ゲルニは別として、残りの二人は一般人です。武芸者《ぶげいしゃ》の能力《のうりょく》を客観的にしか見ることのできない人物です。その力が自分に襲《おそ》いかかった時、なす術《すべ》がないことを知っている人たちです。そんな人たちに簡単《かんたん》に話してしまって、いいんですか？」

「……………」

「もしものことを考えないんですか？」

「考えましたよ」

もし、メイシェンたちがレイフォンから離《はな》れるようなことになったら……そのことはもちろん考えた。最悪の事態《じたい》はグレンダンの二の舞《まい》になることだった。それ以外に考えられないし、そうなってしまったらカリアンがどれだけレイフォンを必要としていてもツェルニにいさせることはできなくなるだろうなとは思った。

「聞かないでくれって言ったら、きっと、そうしてくれたとは思います」

「なら、そうすれば良かったんです」

「でも、それだとやっぱりだめじゃないかなって思ったんです。メイシェンたちは僕のことをもっと知りたいと思ってくれてる。決して悪い意味じゃなかった。だから……」

「信頼《しんらい》が欲しかったんですか？」

「そうですね、たぶん」

「それに関しては、すでに知ってしまっていたわたしが言うのは問題があるかもしれませんが……本当に、言わなければ信頼してもらえなかったんですか？」

「え？」

「例えばの話ですが、フォンフォンはわたしがどういうつもりでこの学園に来たかを知っていますね？」

「はい」

フェリは念威《ねんい》の天才として生まれ、その将来《しょうらい》を嘱望《しょくぼう》されていた。だが、生まれた時から念威繰者《そうしゃ》となることが決まっている自分に疑問《ぎもん》を感じ、それ以外の道を探すためにツェルニに来た。

だが、ツェルニで待っていたのは武芸科の成績不振《せいせきふしん》による武芸大会での惨敗《ざんぱい》という窮《きゅう》状《じょう》と、フェリの能力を知る実兄カリアンが生徒会長だったという不幸だった。

「でも、どうしてわたしがそういう考えになったかを、フォンフォンは知りません。どうしてわたしがそう考えるようになったかと疑問に思ったことはないんですか？　そして、それを教えなければ、フォンフォンはわたしを信用しませんか？」

「そんなことは……ないです」

「でも、もしかしたら、わたしが言ったことは嘘《うそ》かもしれませんよ」

「え？」

「兄に対して警戒《けいかい》心を持つあなたを安心させるために、あなたに同調するような過去話を適当《てきとう》に作っただけかもしれないんですよ」

確《たし》かに、可能性《かのうせい》としてならそれはありえるかもしれない。レイフォンの実力にはそれだけの価値《かち》がある。

だけど、

「嘘ですね」

レイフォンは、言い切った。

「どうしてです？」

「フェリの顔が、いつも以上に固いですから」

「え？」

慌《あわ》ててフェリが自分の顔を撫《な》でる。それだけで、すでにいままでのことが嘘だとばらしているようなものだ。

子供《こども》の頃《ころ》、リーリンによくやられていた方法を使ってみたのだが、まさか他《ほか》の人でこんなにうまくいくなんて思わなかった。

それに気付いたフェリがはっとしてレイフォンを見、すごい目で睨《にら》んできた。

「フォンフォン……」

「ごめんなさい」

素直《すなお》に頭を下げた。

「フェリの言うとおり、もしかしたら言わなくても良かったことかもしれないです。危《あぶ》ない橋を渡《わた》ったのかもしれない。でも、言いたかったんですよ。……知らないままなら、もしかしたらずっと黙《だま》ってたかもしれないけど」

しかし、実際《じっさい》にはメイシェンたちは天剣授受者《てんけんじゅじゅしゃ》という言葉を知り、それをレイフォンと繋《つな》げてしまっていた。

「それなのに隠《かく》してたって仕方ないなって思ったんです」

「バカですね、やっぱり」

「そうかな?」

「そうです」

フェリに言い切られると、なんでだか楽しい気分になる。いつもどおりだという感じがするからかもしれない。

「……レイフォンは、わたしの過去《かこ》を知りたいですか?」

「そうですね。知らないことはたくさんあるんだと思いますけど、なにを知らないのかがわからなくて、困《こま》ります」

「生まれた時から順を追って話せなんて嫌《いや》ですよ」

「僕だって嫌ですよ」

「聞くのが、ですか?」

「いや、僕が話すのが、ですって」

完全にいつもの雰囲気《ふんいき》に戻《もど》った気がして、レイフォンはほっとした。

†

同じ頃、シャーニッドはレイフォンのいる医療科《いりょうか》内にある入院患者棟《かんじゃとう》の正面入り口前にいた。入り口前には緊急《きんきゅう》の患者を運ぶための車が置かれている。患者を運ぶ以外では大型の貨物を運ぶぐらいでしか、都市で車を見ることは滅多《めった》にない。特にツェルニでは路面電車が普及《ふきゅう》していることもあり、それは顕著《けんちょ》だ。

シャーニッドは正面入り口に張《は》り出した天井《てんじょう》を支《ささ》える柱によりかかり、赤と白に塗《ぬ》られた車両をぼんやりと眺《なが》めて時間を潰《つぶ》していた。

やがて、待ち人が入り口の向こうから姿《すがた》を現《あらわ》す。

「むっ」

「よっ」

顔をしかめた待ち人に、シャーニッドは気楽に手を上げた。

「何のようだ？」

「ディンは元気だったか？」

「……意識《いしき》はまだ戻ってない」

「へぇ」

待ち人はダルシェナだ。豊《ゆた》かな金髪《きんぱつ》を螺旋《らせん》の束にした麗人《れいじん》は鋭《するど》い視線《しせん》をシャーニッドにぶつけた。

「お前は、会いに行かないのか？」

「一度行った。ま、許《ゆる》してくれてるとは思えないから、それっきりだけどな」

「なら……どうしてここに?」

そこまで口にして先日耳にした事件《じけん》を思い出した。

「そうか……崩落事故《ほうらくじこ》でお前の小隊の誰《だれ》かが怪我《けが》をしたとか聞いたな」

「やる気なさげだなぁ」

第十七小隊を見舞《みま》った不幸な事故は、すでに学校中に流れている。怪我をしたのが誰かも、だ。

ダルシェナの様子は、本当に誰が怪我をしたのかを知らないように見えた。

「第十小隊はすでに解散《かいさん》している。私には関係のないことだ」

素《そ》っ気《け》のない一言には、シャーニッドたちを責《せ》める空気はなかった。

「自業自得《じごうじとく》だ。偶然《ぐうぜん》、お前たちがその役目にあったというだけだしな」

ディンが違法酒《いほうしゅ》に手を出したことを、ダルシェナはずっと以前から知っていた。しかし、正義《せいぎ》感の強い彼女も仲間のすることを止めるには二の足を踏《ふ》んだ状態《じょうたい》だった。

そんな彼女の迷《まよ》いも自らディンに別れを告げることで晴れてしまっているのだろう。

しかし、元気がないことには変わりはない。

「怪我しちまったのはうちのエースだよ」

「あの曰《いわ》くありげな一年生か？」

「そういうこと」

「それは付いてないな」

「まったくな」

あっさりとした会話が流れていく。だが、ダルシェナはシャーニッドの背後《はいご》にある景色を見、シャーニッドはダルシェナ越《ご》しに救急車を眺めていた。

お互《たが》いに、相手を景色の一部にして会話を続けていく。

「それで、見舞いに来たのか？　そんな風には見えないけどな」

「見舞いは明日にでもするさ。どうせ今頃《いまごろ》は、うちのきれいどころに囲まれて溺《おぼ》れてるだろうしな」

「それでは私に用か？　デートの誘《さそ》いなら断《ことわ》るぞ。諦《あきら》めの悪いお前には何度言っても聞こえないかもしれないがな」

「ああ、それもいいな。そろそろ三桁《けた》の大台に乗りそうな気もするけどよ」

「数えるな、不毛だから。で、本当に私に用なのか？」

「そっ」

ダルシェナがあからさまに嫌《いや》な顔をした。

「まさか、怪我した一年生の代わりをしろ、とか言うんじゃないだろうな？」

「悪い話じゃないと思うぜ？　それに代わりじゃなくて正式に入ってくれたっていい。うちはまだ空きがあるからな」

「お断りだな」

あっさりと断られても、シャーニッドは表情《ひょうじょう》を変えなかった。

「『武芸者《ぶげいしゃ》は武芸者なりに、君たちは君たちなりにこの都市を存続《そんぞく》させるためにがんばろう』だってさ～」

歩き去ろうとしていたダルシェナの足がぴたりと止まった。

「『週刊《しゅうかん》ルックン』だっけか？　かっこいいこと言ってるよな」

「誰が言った？　そんなこと？」

「いや、お前さんだって」

「なに？」

「覚えてね？　まぁ、けっこう前だったから自分がなに言ったか忘《わす》れてるかもしんないけどな」

「む……」

「思い出したか？」

レイフォンのクラスメートのミィフィが第十七小隊に取材に来たことがあった。その日に第十小隊にも取材に行っていたらしい。

さきほどの発言は、取材を受けたダルシェナがミィフィに言った言葉だ。

「ああ、そういえば言ったな。それがどうかしたか？」

「ツェルニを守るために、がんばるんじゃねぇの？」

「……小隊に入らなくてもやれることはある」

「入らなくてなにができるかなんて、もう知ってるだろ？」

「あれは……まだ未熟《みじゅく》だったからだ」

シャーニッドたちが二年生の時に前回の武芸大会が開かれた。小隊に入ることもなく、一兵卒としてシャーニッドたちは戦い、そして敗北を経験《けいけん》した。

「だな。けどよ、その未熟な連中と同じ扱《あつか》いで戦わされて満足かい？」

「……使命感とプライドを煽《あお》りたいようだが、お前の思惑《おもわく》通りになるつもりはない。なにより、お前とともに戦うというのがすでにありえない。私たち三人の関係は壊《こわ》れたんだ。ごまかしたところでどうにもならないことはわかっている」

「その言い分はわかるな」

シャーニッドが第十小隊にいた頃、ダルシェナとディンを合わせた三人の連携《れんけい》はツェルニ最強と言われた。だが、シャーニッドが抜《ぬ》けたことでその連携は崩《くず》れ、第十小隊は戦績《せんせき》を落とす。

戦績不振《ふしん》から抜け出すためにディンは違法酒に手を出すという行為《こうい》に走り、結果、第十小隊の解散《かいさん》という事態《じたい》を招いてしまった。

「だけどよ、おれは昔どおりのことをやりたいからお前に声をかけたわけじゃないぜ。ディンがいないんだから、できるわけもねぇ。そんなもんには期待してない」

はっきりと、シャーニッドは言った。

「いま、必要だと思ってるのはダルシェナ・シェ・マテルナ個人《こじん》だ。レイフォンの代役ってわけでもねぇ。もちろん、レイフォンが使えない次の試合での前衛《ぜんえい》が欲《ほ》しいのも確《たし》かだけどな。それだけじゃねぇ。もうすぐ来る武芸大会でうちの攻撃力《こうげきりょく》に厚《あつ》みをもたせるために、シェーナが必要だって言ってんだ」

柱から身を離《はな》し、シャーニッドは上目づかいにダルシェナを見た。

「ディンもいねぇ、おれもいねぇ……セット販売《はんばい》してない一人のシェーナがどんなもんなのか、それを確認《かくにん》するにはいい感じだと思うけどよ」

「………」

「まっ、気が向いたら練武館に来てくれよ」

返事を求めず、シャーニッドはダルシェナの横を抜け病院の外に向かった。

「待て……」

ダルシェナの声に足を止めた。

「……どうして、第十七小隊に、いや、ニーナ・アントークの誘《さそ》いに乗った？」

「……壊れても、大切なもんってあるよな」

「なに？」

「立ち止まってうだうだしててもしかたねぇ。……そういうことじゃねぇの？」

「お前はいつも、大切なことは説明不足のままにする」

「ははっ」

シャーニッドは笑って、再《ふたた》び歩く。

今度は、止められなかった。

†

「やぁ、元気かね？」

「あいかわらずの重病人さ〜」

爽《さわ》やかな挨拶《あいさつ》の言葉に、暢気《のんき》そうな返事。だけれど、その場で傍観者《ぼうかんしゃ》となっていたミュンファは思わず小さくなってしまっていた。

「そうかね？　聞くところによればほぼ完治だという話だけれどね。肋骨《ろっこつ》数本の骨折と内臓《ないぞう》の損傷《そんしょう》だったかな？　平均的《へいきん》な武芸者の回復能力《かいふくのうりょく》ならもう完治していてもおかしくないのでは？」

手にした見舞《みま》い用の花束を後ろに控《ひか》えていた女生徒に渡《わた》す。花瓶《かびん》の用意をしている女生徒を尻目《しりめ》に、銀髪《ぎんぱつ》の好青年はにこやかな笑《え》みでベッドの隣《となり》にやってきた。

「それがさ〜。おれっちは小さい頃《ころ》から病弱さ。体力が落ちるとすぐに病気になったりする」

一方、ベッドにいる赤髪《あかがみ》の少年はわざとらしく咳《せ》き込《こ》んだりしている。

「そうかね、それは大変だ」

「そうさ〜。おかげで、なかなか退院《たいいん》できない」

シーツを蹴散《けち》らして偉《えら》そうに寝転《ねころ》んでいる人間の発言ではないのだけれど、青年は少しもそのことを指摘《してき》しようとはしなかった。

青年の名前はカリアン・ロス。

そして少年の名前はハイア・サリンバン・ライア。

一方は学園都市ツェルニを実質的《じっしつ》に支配《しはい》している生徒会長で、もう片方《かたほう》はその都市を訪《おとず》れた傭兵団《ようへいだん》の団長だ。

「わざわざ会長自ら見舞いに来てくれるとはありがたいことさ～。せっかくだからゆっくりしていってくれさ」

「ありがたい申《もう》し出だ。だが、残念ながらそういうわけにもいかないのだよ。色々と片付けなければならない問題が多くてね」

「は～、さすがに生徒会長さんともなれば忙《いそが》しいもんさ」

「そうだね、都市の基礎《きそ》部老朽化《ろうきゅうか》がいきなり発覚するとか、大切なエースが負傷するなど、頭の痛《いた》い問題が山積みしているのさ」

カリアンの眼鏡《めがね》の奥《おく》にある瞳《ひとみ》が、一瞬《いっしゅん》だが笑みを消した。逆《ぎゃく》に、ハイアは不敵《ふてき》な笑みを一層《いっそう》深くする。

「言っとくけど、おれっちはやってないさ～」

「信じるよ。私と君とは一度は手を取り合った仲だ。友情《ゆうじょう》と信頼《しんらい》が育《はぐく》まれていれば良いと願っている」

「友情は大切さ～」

「まったくだ」

二人の間で笑みが交《か》わされる。心温まる言葉をやり取りしているはずなのに、二人とも表情ではそんなこと少しも信じてないのがありありと浮《う》かんでいる。寒々しい空気に、ミュンファは体を震《ふる》わせた。

「おれっちとあんたとの友情に免《めん》じて、いくつか情報《じょうほう》を提供《ていきょう》したいなぁって思っちまったさ」

「ほう、それはありがたい。……だけど、もしかしてそれは置き土産《みやげ》なのかな？　宿泊施《しゅくはくし》設《せつ》にいる君の部下たちがなにやら支度《したく》をしているようなのだけれどね」

「まさかさ〜。おれっちが怪我《けが》して病院にいるのに、あいつらが出て行くわけないさ」

「その通りだね、失言だ。君は部下にとても慕《した》われているのだもの。それで、助言というのは？」

「廃貴族《はいきぞく》さ〜。あれは、あんまり長く放置しとかない方がいいぜ」

「ほう、なぜ？」

「どれだけ強力だろうと、あれは滅《ほろ》びを知っちまった故障品《こしょう》さ〜。メンテナンスできる奴《やつ》がいなけりゃ、滅びの気配をばら撒《ま》き続ける。そういうものだって、聞いてるさ〜」

カリアンが眉間《みけん》にしわを寄《よ》せた。それはもしや、先日の崩落事故のことを踏《ふ》まえての発言なのだろうか？

「なるほど、気をつけなければならないね」

OF
THE STUDENT COUNCIL

「うちによこしてくれりゃ、どうとでもするのにな」

「……それは、グレンダンの女王陛下《へいか》ならば方法を知っているということかい？」

「そこまで詳《くわ》しいことを知るわけないさ〜。おれっちはグレンダン生まれじゃないさ。陛下なんて顔すら見たことない」

「それはそれは……それにしては、ずいぶんと天剣授受者《てんけんじゅじゅしゃ》に思い入れがあるようだけれどね」

「話しすぎたようさ」

「おっと、情報はいくつか、だろう？」

話を打ち切ろうとしたハイアに、カリアンは笑みを投げかけた。

ハイアがにやりと笑い返す。

「記憶力《きおくりょく》が良い奴は好きさ」

「私も好きだよ」

「ほんと……おれっちたちは気が合うさ〜」

ハイアが笑いながらもう一つの情報を口にする。

カリアンの表情が徐々《じょじょ》に強張《こわば》っていくのを、ハイアはとても楽しそうに眺《なが》めていた。

ここ最近、空気がおかしい。

そう感じるのは自分だけなのだろうか？　ニーナは普段《ふだん》通りに動き回る作業員や清掃員《せいそういん》の姿《すがた》を見ながらそう思う。

機関部でニーナは一人、モップがけを行っていた。レイフォンが入院中ということもあって話しかける相手がいない。同じ機関部清掃をするバイト仲間の中で、ニーナやレイフォンの速度に肩《かた》を並《なら》べられる者がいないので、一緒《いっしょ》にしてくれるものはいないのだ。二人以外の清掃員が一般《いっぱん》人なこともあるが、機関掃除《そうじ》をするほどに金銭《きんせん》的余裕《よゆう》のない武芸者《ぶげいしゃ》というのも珍《めずら》しい存在《そんざい》だった。

「ふう……」

ため息を吐《つ》き、ニーナはモップを止めて視線《しせん》を上げた。

迷路《めいろ》のように這《は》い回るパイプの隙間《すきま》から見えるのは機関部の中心だ。

(気のせいなのか？)

機関の立てる音の他《ほか》に、ここ数日別の音がうるさく辺りを席巻《せっけん》している。レイフォンの巻《ま》き込まれた崩落事故《ほうらくじこ》の件《けん》もあり、機関部の総点検《そうてんけん》が行われているためだ。

その音のせいなのだろうか、とも思ってしまう。

自分の感覚に自信が持てない。落ち着かないざわざわとした感覚だけがニーナの胸《むね》を支《し》配《はい》して、焦《じ》らされている気持ちになる。

こういう時、誰《だれ》かと話すことができれば気が紛《まぎ》れるのだが……

そう思ってみてもニーナの周りには誰もいない。レイフォンは病院だし、それ以前もニーナは効率《こうりつ》を重視して一人で掃除をしていた。

いたとしても忙《いそが》しそうに走り去っていく作業員ぐらいのものだ。

忙し……そうに？

「ニーナ！」

整備《せいび》責任者《せきにんしゃ》の上級生に声をかけられ、ニーナは我《われ》に返った。

「もしかして……」

「そのまさかだ、頼《たの》む」

言うと、無精髭《ぶしょうひげ》の上級生は走り去っていく。

ツェルニがまた、どこかに行ったのだ。整備士たちが忙しそうなのはいつものことだが、今日のはそういうのとは違《ちが》っていた。

「そうか、それでか……」

それに気付かないとは、どうかしている。

ニーナはモップを置くとツェルニを探《さが》すために歩き出した。

（やはり、レイフォンが倒《たお》れたことが原因《げんいん》だろうか？）

あの時、ニーナは合宿所でレイフォンたちの帰りを待っていた。夜もずいぶん更《ふ》けてきていた。照明の少ない生産区だが、危険《きけん》と呼《よ》べそうなものはそれほどない。フェリも出て行ったようだし、暗さで迷子《まいご》になるようなこともないだろうと安心していた。唯一《ゆいいつ》あるとすれば牧場から逃《に》げ出したまま野生化してしまった動物がいるだろうことだが、危険な類のものはそうはいないし、それもまたレイフォンやナルキがいればどうとでもなる問題だった。

誰が、自分たちの地面に大穴《おおあな》が開くなんて思うだろう？

最初、激《はげ》しい揺《ゆ》れがニーナたちを襲《おそ》ったとき、ニーナはまたツェルニが汚染獣《おせんじゅう》の巣穴《すあな》に飛び込んでしまったのかと思った。

そのすぐ後にフェリが念威《ねんい》で知らせてくれた事実に、汚染獣の襲来《しゅうらい》以上に驚《おどろ》いてしまった。

全身から血の気が引いて、思わず足元がふらついてしまったくらいだ。

そんな大事故なんて、ニーナはいままで生きてきて起きたことなんてない。

しかも、そんなめったにない不幸にレイフォンは見舞《みま》われてしまう。

(あいつの人生は荒《あ》れていなければ気が済《す》まないのか?)

呆《あき》れてしまうし、同情《どうじょう》もする。

そもそも、レイフォンは人生をやり直すためにこの学園に来ているのだ。

(そうだな……)

武芸者の道を捨《す》て、普通《ふつう》の人間として生きようとしている。武芸者として生きているだけで得られる様々な利得を捨てて、一から一般《いっぱん》人として生きようとしている。していた。

もちろん、武芸者としての利得だけを享受《きょうじゅ》するなんてできない。都市に危険が迫《せま》ればその矢面《やおもて》に立たなければならないのが武芸者だ。汚染獣との戦い、セルニウム鉱山《こうざん》をかけた都市同士の戦争。自分の命をかけて都市のために戦わなければならない。

それが、武芸者だ。

レイフォンは、けっしてそれらの危険にしりごみしたわけではない。それどころか、そういう場面に直面した時、自分一人だけで戦おうとする。

(あいつを引き止めてしまったのは、わたしか……)

カリアンに知られてしまっていたという不幸もあるが、その不幸に、ニーナは甘《あま》えているのかもしれない。

頼《たよ》らないように努力しようとしている。そのために体を壊《こわ》したこともあった。一緒《いっしょ》に戦おうとレイフォンも言ってくれた。

だが、レイフォンが実力的に突出《とっしゅつ》しているという事実だけは覆《くつがえ》せない。自然、第十七小隊の戦い方は、レイフォンに比重《ひじゅう》を置いたものになってしまっている。

(あの時、わたしはなにを考えた……?)

フェリに知らされ、ニーナはシャーニッドとともに救出に向かった。血まみれのレイフォンを見て、自分の心臓《しんぞう》が止まるのではないかという衝撃《しょうげき》を受けた。

その衝撃が落ち着いた後、

(なにを、考えた……?)

次の試合のことを、だ。レイフォンが出場することは不可能《ふかのう》と、担当《たんとう》した医師《いし》が言っていた。一人しかいない前衛《ぜんえい》が抜《ぬ》ける。事実はただそれだけではない。第十七小隊が完全に機能しなくなるとさえ思ってしまった。

(そんなわけはない)

戦い方はいくらでもある。シャーニッドはレイフォンの代役を見つけてくると請《う》け負ってくれたが、たとえいなくとも戦い方はある。攻《せ》め側ならニーナとシャーニッドかナルキでのツートップで、どちらかにサポートをさせることもできる。防御《ぼうぎょ》側ならばいまのポジションを動かす必要さえないかもしれない。

それで勝てるとは言わない。だが、うまくやれるはずだと今なら思う。

（それなのに、どうして……）

あの時は、全《すべ》てが終わったような気がした。

ニーナの手にした懐中電灯《かいちゅう》によって暗闇《くらやみ》から切り出された中に映《うつ》った、レイフォンの血まみれの姿《すがた》。血の気の失《う》せた表情で目を閉《と》じているレイフォンを見て、本当に全てが終わった気がしたのだ。ニーナの想《おも》いも、希望も、その全てがぼろぼろと音を立てて崩《くず》れ落ちたように思ってしまった。

レイフォンには「なんとかする」なんて強気な発言をしてみせたが、その中身はこんなにも弱気の塊《かたまり》のようになってしまっている。

だが、怪我《けが》をしたレイフォンにそんな弱気な姿を見せるわけにはいかない。あれが精一《せいいっ》杯《ぱい》の強がりだった。

「情《なさ》けない」

頼りきりになっていたということなのだ。レイフォンが武芸者《ぶげいしゃ》として遥《はる》か上にいるという事実を受け入れ、その技《わざ》を盗《ぬす》めるだけ盗んで強くなろうと思っていたはずなのに……

「くそ……」

あの血まみれの姿を見たときの衝撃からいまだに抜けきれない。

見舞いに行ったときにもその姿が頭に浮《う》かんで、目を合わせていられなかった。

「こんなことでは、だめなのに……」

考え事をしながら歩いていたためだろう。ふと我《われ》に返った時、ニーナは自分がどこにいるのか、一瞬《いっしゅん》わからなかった。

機関部の中心にかなり近づいている。

プレートに包まれた小山のような存在《そんざい》が中央にある。あのプレートの奥《おく》になにがあるのか？　電子精霊《せいれい》がいる。

だが、その電子精霊があの中でなにをしているのか。なにを使って、どのようにして都市を動かしているのかは、誰も知らない。整備士《せいびし》や技術者《ぎじゅつしゃ》たちが触《ふ》れるのは、中心から伸《の》びるパイプやコードに繋《つな》がれた機械だけだ。セルニウムをいかにして液状《えきじょう》にしているのか、いかにして都市の外にいる汚染獣《おせんじゅう》を察知しているのか……わからないことはたくさんある。

「まったく……どこにいるんだ？」

ここに来るまでに捕《と》らわれた気持ちを振《ふ》り払《はら》うように、ニーナは明るい声を出して視線を巡《めぐ》らせた。

「ツェルニ！」

障害物《しょうがいぶつ》がたくさんあってどこにいるのかまるでわからない。ニーナは大声を上げて電子精霊の名を呼《よ》んだ。

様々な騒音《そうおん》の中でニーナの声が反響《はんきょう》していく。

反響がなくなった頃《ころ》に、パイプの隙間《すきま》を縫《ぬ》うようにして遠くから光の玉が飛んできた。

淡《あわ》い光の中心には小さな女の子の姿がある。

都市精霊と呼び、電子精霊と呼ばれる小さな女の子は体重がないかのようにふらふらと飛びながらニーナの腕《うで》の中に収《おさ》まった。

「懲《こ》りない奴《やつ》だな、お前は」

腕の中で丸くなる小さな存在にニーナはそう叱《しか》ってみせたが、楽しそうな表情《ひょうじょう》をされるとなぜだか全てを許《ゆる》してしまいたくなる。

「今日はなにを見ていたんだ？」

ツェルニの身長よりもはるかに長い髪《かみ》を撫《な》でながら尋《たず》ねる。ニーナの肩《かた》に顎《あご》を乗せて心地《ここち》よさそうにしていたツェルニはふっと腕からすり抜けると、今度は肩に足を乗せた。後ろから頭に抱《だ》きつき、顎を乗せてくる。ツェルニの腕がニーナの髪を引っ張《ぱ》った。

「ん？　こっちか？」

動きに合わせて向きを変える。これでツェルニの見ている方向を見ることになる。

「なにもないぞ？」

だがどれだけ目を凝《こ》らしてみても、あるのはパイプと通路で入り組んだ機関部の風景だけだ。それ以外には何も見えない。

「なにか楽しいものでもあったのか？」

そう尋ねてみてもツェルニからの反応《はんのう》はなかった。

「ツェルニ？」

小さな電子精霊はニーナの頭の上で、ただその一点をじっと見つめ続ける。

「…………」

ツェルニのその様子は、胸《むね》の中にあるじりじりとした感触《かんしょく》を思い出させた。それが不安なのか緊張《きんちょう》なのか高揚《こうよう》なのかまるで判断《はんだん》がつかず、ニーナは押《お》し黙《だま》ってツェルニの見つめる方向に目を向け続けた。

# 04　目隠《めかく》し手つなぎ

意識《いしき》を取り戻《もど》してから一週間。ほとんどの怪我《けが》は治ったものの、レイフォンはいまだにベッドから出ることを許してもらえていなかった。

持て余《あま》した時間を潰《つぶ》す方法もわからずにぼんやりと過《す》ごしていると、ナルキがやってきた。

「よう……元気か？」

「暇《ひま》でたまらないよ」

レイフォンの弱音にナルキは安心したように笑《え》みを零《こぼ》した。ナルキもあの事故《じこ》で怪我をしたが、軽傷《けいしょう》だったのでもう治っている。

「手術《しゅじゅつ》がまだなんだって？」

大方の外傷は完治しているのだが、背骨《せぼね》の損傷《そんしょう》はまだ放置されている。脊髄《せきずい》に挟《はさ》まった背骨の欠片《かけら》を抜《ぬ》き取るのは慎重《しんちょう》さを要するために、いまは手術を担当《たんとう》する医療《いりょう》チームの間で検討《けんとう》会が行われているそうだ。

それが終われば手術となる。そして手術が無事成功すれば晴れて退院《たいいん》だ。

「はやくしてほしいんだけどね」

暇すぎるのもたまらないが、それ以外の時間にある色んな検査《けんさ》もたまらない。なんだか自分が実験対象《モルモット》にでもされているかのような気分になる。

「まぁ、手術を失敗されるよりはましだから我慢《がまん》するんだな」

「……メイ、まだ気にしてる？」

「ああ……」

レイフォンの言葉に、ナルキは視線を落とした。

「気にしてないのに……」

ナルキの言葉では、レイフォンを怪我させたことに責任《せきにん》を感じて病院に来ることもできず、寮《りょう》で塞《ふさ》ぎこんでいるらしい。

「なんとか学校には行かせているんだけどな」

「ごめん、僕のせいだね」

「前にも言ったぞ、お前のせいじゃない。あの場所を選んだのだってあたしたちだ。レイとんはただ、あたしたちについてきただけじゃないか」

「でも、僕が隠《かく》し事をしてたから、ああいうことになったんだし……」

「レイとん……」

ナルキの手が、レイフォンにそれ以上言うのを止めさせた。

「あたしたちにだって簡単《かんたん》には人に言いたくないことの一つや二つはある。レイとんほどじゃないにしても、言いたくない理由の種類がまるで違《ちが》ったりしてるけど、あたしたちにだってそれはある。そのことを責《せ》めたりするのは間違っていると思う」

「ナルキ……」

「あたしは、嬉《うれ》しかったぞ。あんな重い過去《かこ》を話してくれるのは、あたしたちを信頼《しんらい》してくれている証拠《しょうこ》じゃないか」

「うん……」

「そのことはもういいんだ。ただ、メイはもう少し待って欲《ほ》しい。レイとんに怪我させたことで混乱《こんらん》してるんだ。時間をやってくれないか？」

「当然だよ」

「ありがとう」

お互《たが》いに照れ笑いを浮《う》かべて終わり、話題は第十七小隊のことに移《うつ》った。

「レイとんの代理にダルシェナ先輩《せんぱい》が入ったぞ」

「ほんとに？」

「ああ、シャーニッド先輩が誘《さそ》ったらしい」

この間の試合のことを考えれば、第十七小隊にダルシェナが手を貸《か》してくれることは難《むずか》しいように思えるけれど。

ナルキも同じような考えらしい。

「気になるところだけど、聞きづらいな。隊長さんは納得《なっとく》しているようだから、これで良いような気もするが」

「シャーニッド先輩と仲直りできてるなら、それでいいけどね」

「ん……それはどうだろうな」

「え？」

「まぁ、やることをやるだけさ。レイとんが早く退院できるようになればいい。そうでないと、あたしが第十七小隊に入った意味がない」

「……ナルキは僕がしたことをどう思ってる？」

「他人がどう思ってるかなんて、レイとんにはどうでもいいんじゃないのかい？」

「ん……それは」

「冗談《じょうだん》だ。……そうだな、あたしの正義《せいぎ》感はレイとんのしたことを間違ったことだと思ってる。だけど、間違ってるからレイとんのことを嫌《きら》いになったなんてことはない。なにより、それはもう過去のことなんだ。いまのレイとんと関係ないわけじゃないけど、当事者じゃないあたしにはそれ以上はなにも言えない」

「ごめん、へんなこと聞いて」

「いいさ。最初に聞いたのはあたしたちだし、あたしがどう思ったかをまだ言ってなかったしな」

「うん」

「レイとん……お前がしたことは確《たし》かに罪《つみ》だ。だけど、もう裁《さば》かれた罪なんだ。簡単に人に喋《しゃべ》れるものではないとは思うけれど、そこまで気にする必要はないと思う。もう、解《と》き放たれてもいいんじゃないか？」

「……解き放つ？」

「傭兵団《ようへいだん》の団長と戦ってる時、刀がどうとか喋っていたよな？　試合の時には錬金鋼《ダイト》を二本持ってたし、ディン隊長と戦っていた時は刀型の錬金鋼《ダイト》を使ってた」

「…………」

レイフォンが本来習ったのは養父デルクの伝えるサイハーデンの刀技《とうぎ》だ。決して、剣《けん》で戦う技《わざ》ではない。しかし、レイフォンは天剣授受者《じゅじゅしゃ》となる時、刀ではなく剣で戦うことを選んだ。

「この間はグレンダンでしたことを悪いことだと思ってないって言ってたよな？　だけど、

自分の中でなにか制約《せいやく》を加えているだろう？　罪そのものではなく、なにか別の罪悪感《ざいあく》から。あたしは、それから解き放たれてもいいんじゃないかと思う」

闇《やみ》試合、レイフォン自身は悪いとは思っていなくても、育ての親であり武芸の師《し》であるデルクが許《ゆる》せるはずがない。そんな彼に習った刀技を自分が使えば、それはデルクがこれまで守ってきた高潔《こうけつ》さを穢《けが》すことになる。

だから、レイフォンは刀を握《にぎ》ることを止《や》めた。

刀と剣、使い方に微妙《びみょう》にして決定的な差がありながら天剣授受者として数年間いることができたのは、他人の剄技《けいぎ》を一目見ただけでその仕組みを理解《りかい》できる特技と、リンテンスに教えられた鋼糸《こうし》のサポートがあったからこそだ。

「あたしに言えるのはこれぐらいだな。どうするかは、レイとん次第《しだい》だ」

その言葉を残してナルキは病室を去った。

（解き放つ……か）

ナルキは簡単《かんたん》にできると思って言ったわけではないとわかるのだけれど、どうしてもそれには抵抗《ていこう》があった。

ノックの音がしたのは、それからしばらくしてのことだった。

†

対抗《たいこう》試合の日が来た。

観客席からの声はいつにも増《ま》して熱気が宿っていた。今日の試合が終われば、ほぼ全《すべ》ての小隊と一通り戦ったことになる。戦績《せんせき》首位の小隊が決まるということでもある。それ自体には、来たる武芸《ぶげい》大会での発言権《けん》等の小隊長の格《かく》が決まるということに繋《つな》がるのだが、観客たちにとっては純粋《じゅんすい》にどの小隊が一番強いかを知りたいという部分が強いに違いない。

特に、今日の全試合の結果によっては現在《げんざい》首位の第一小隊が逃《に》げ切るか、それとも他の小隊が追い抜《ぬ》くかの攻防戦《こうぼうせん》があるために、観客たちも最後まで試合から目が離《はな》せない。

「ま、うちは関係ないんだけどな」

シャーニッドの気楽な声が控《ひか》え室に響《ひび》いた。

首位争いをしているのはヴァンゼ武芸長率《ひき》いる第一小隊、ゴルネオ率いる第五小隊、そして第十四小隊だ。

この三つの小隊は敗北数が一つで並《なら》んでいる。第十七小隊はそれに続く二敗だ。

しかも対戦相手は第一小隊。残る首位争いの二小隊が今日ぶつかる。たとえ第十七小隊が第一小隊に勝ったとしても、第五と第十四のどちらか勝った方が単独《たんどく》首位になるだけの話だ。

負けた場合は第一小隊とどちらかが同率《どうりつ》首位となる。

その程度《ていど》の違《ちが》いでしかない。

「だからといって、手を抜くつもりはないぞ」

「へいへい」

ニーナに睨《にら》まれて、シャーニッドが肩《かた》をすくませた。

「たとえ首位になれなくても全力を尽《つ》くす……いや、勝つ!」

隊の状態《じょうたい》が万全《ばんぜん》ではないから……試合に勝とうが負けようが首位にはなれないから……

そんなことはどうでもいい。第一小隊に勝つということはそれぐらいの意味がある。

以前、レイフォンとナルキの友人が取材に来たことがあるが、それが掲載《けいさい》された雑誌《ざっし》で第五小隊のゴルネオが言っていた。第一小隊に勝てないということは、以前にツェルニが敗北したあの時代から何も変わっていないに等しいと。

ニーナもそう思う。

なにより、レイフォンの抜けた穴《あな》が埋《う》められないとは思われたくない。

観客ではなく、レイフォンに。

「なんとかする」と言ったのだから、実行してみせないといけない。レイフォンに自分たちがちゃんと強くなっているところを見せてやりたい。

「わかってるよ」

力説虚《むな》しくひらひらと手を振《ふ》って流そうとするシャーニッドをもう一度睨み、ニーナはダルシェナに目をやった。

ダルシェナは控《ひか》え室の端《はし》で瞑目《めいもく》したまま動かない。

「作戦は……隊長？」

その姿勢《しせい》のまま、ダルシェナが口を開いた。フェリを除《のぞ》いた全員の視線《しせん》がニーナに集まる。

「わたしとナルキが左翼《さよく》より先行、ダルシェナは右翼で待機してください。シャーニッドはフェリと協力して狙撃《そげき》ポイントを目指す。開幕《かいまく》はこれで行きます」

一息で言い切り、ニーナは反応《はんのう》を待った。

「今回はこちらが攻め手《せ》だ。隊長が敗れれば負けるが、それでいいのか？」

尋《たず》ねてきたのはやはりダルシェナで、隊長が先行する危険《きけん》を示唆《しさ》してきたのも、予想の範囲《はんい》内だ。

正直、ニーナにはダルシェナをどう扱《あつか》っていいのかがまだ把握《はあく》しきれていなかった。その戦い方は録画で調べてはいるものの、それは第十小隊全体の戦力の一つとした上での把握で、ダルシェナ個人《こじん》のものではない。

ダルシェナの突貫力《とっかんりょく》を最大限《さいだいげん》に利用したのが第十小隊の戦い方だった。その戦法をニーナの脳内《のうない》で応用《おうよう》することはできても、現在の第十七小隊に反映《はんえい》させるのは時間の関係からして難《むずか》しい。

そして、その心配はダルシェナの方にもあるように見えた。

「わたしの心配は無用でお願いします」

ニーナにはレイフォンに授《さず》けられた金剛剄《こんごうけい》の技《わざ》がある。

グレンダンの天剣授受者《てんけんじゅじゅしゃ》、リヴァースの使う防御技《ぼうぎょ》だと言っていた。天剣授受者ほどには使いこなせはしないだろうが、並大抵《なみたいてい》の攻撃《こうげき》ならばこれで凌《しの》げる自信はある。

「なら、私は行ける時に行けばいいんだな？」

ダルシェナの目が開き、ニーナと視線が交わる。

「はい」

「了解《りょうかい》した」

ダルシェナが再《ふたた》び瞑目し、後はただ、自分たちの試合時間が訪《おとず》れるのを待つだけとなった。

全員の錬金鋼《ダイト》をチェックしていたハーレイが最後にニーナのところにやってくる。

「レイフォンの手術《しゅじゅつ》、今日だってね。もう終わったかな？」

「どうかな？　医術のことはわからない」

奇《く》しくもレイフォンの背骨《せぼね》の手術が今日行われる。脊髄《せきずい》に挟《はさ》まった背骨の破片《はへん》を抜《ぬ》き取る手術だ。門外漢とはいえ、繊細《せんさい》さが必要とされそうなことぐらいはわかる。

「無事に終わるといいね」

「そうだな」

この試合、負けるわけにはいかない。レイフォンに頼《たよ》りきりの自分を少しでも上に持ち上げなければ……そう思う。

そして、そのためにはレイフォンがいなくてもやれるということを示《しめ》さなければいけない。

「勝つぞ」

誰《だれ》に向けるでもなく、ニーナは自分に言い聞かせた。

†

ニーナたちの試合が始まるよりも早く、レイフォンは病院の外にいた。

手術そのものはあっという間に終わった。問題だったのはどの場所に破片が埋《う》まり、どの角度で抜くことが一番安全かという部分で、それらは手術前の検討会《けんとう》で議論《ぎろん》され、手術そのものはそこで決められた手順に沿《そ》って行えばいいというものらしい。幸いにも手術を何度かに分けなければならないほどに厄介《やっかい》な場所に破片が挟まっている……というようなこともなく、一度の手術で全《すべ》てが終わった。

背中の傷《きず》は縫合《ほうごう》され、細胞充塡薬《さいぼうじゅうてんやく》の塗《ぬ》られた湿布《しっぷ》が貼《は》られている。まだひきつるような痛《いた》みがあるが、活剄《かっけい》を流して回復《かいふく》の手助けをすれば今日中に傷は塞《ふさ》がることだろう。傷の回復にあわせて糸は溶《と》けて消えるため、抜糸《ばっし》の必要もない。

ただ、体力の低下だけはどうにもならない。

(当たり前だけど、万全《ばんぜん》じゃないなぁ)

どこかのんびりと自分の体調を確《たし》かめながら、レイフォンは病院から近くの路面電車の停留所《ていりゅうじょ》へと向かっていた。

今日は対抗《たいこう》試合があるということもあって、この辺りに人の姿《すがた》は少ない。停留所で時間を確認《かくにん》していると、電車はすぐにやってきた。

「あ……」

電車は速度を緩《ゆる》めて停留所で止まる。先頭部分がレイフォンの前を通り過《す》ぎた時、降《お》り口でぽかんと口を開けたメイシェンを見た。

いまさら逃《に》げるわけにもいかず、レイフォンは乗り口から電車に入る。花束を抱《かか》えたメイシェンは降り口に立ったままだ。路面電車の電子頭脳《ずのう》は、どうするのかせっつくように電子音を鳴らし、メイシェンは慌《あわ》てて降り口から離《はな》れた。

ドアが閉《し》まり、電車が走り出す。

「やあ、メイ。こんにちは」

「……レイとん、どうして？」

ぎこちなく笑《え》みを浮《う》かべたレイフォンに、メイシェンは驚《おどろ》いた顔のまま聞いてきた。

「うん、もう退院《たいいん》していいって言われたから」

「え？　でも……だって、今日が手術って……」

「うん、終わったよ」

「……え？　でも、手術だよ？」

「うん。意外に早く終わったんだ。自分でもびっくりしてる」

車内にはレイフォンたち以外には誰もいなかった。二人で並《なら》んで座《すわ》る。向かい側の窓《まど》で景色が流れていく。二人して、言葉もないままにそれを見つめていた。

メイシェンは二人の間に花束を置いた。淡《あわ》い色合いの花束だ。

入院している間に色んな人から花束をもらった。ニーナは濃《こ》い色の花束だった。フェリは落ち着きのある色を、ナルキとメイシェンは純色《じゅんしょく》の強いものを持ってきた。

メイシェンの花束は、彼女自身を現《あらわ》しているように思える。

二人して花を見つめていると、メイシェンがぽつりと漏《も》らした。

「この間は……ごめんなさい」

「気にしてないよ。あれは事故《じこ》だし。メイは一つも悪くない」

「うん……」

「それより、メイに怪我《けが》がなくてよかった」

「わたしのことは……いいの」

「いいことなんて……」

「レイとんは……守ってくれたんだよね」

レイフォンの言葉を遮《さえぎ》って、メイシェンが喋《しゃべ》った。スカートを握《にぎ》り締《し》め、体いっぱいに力をこめて話そうとしている。

「……この間のことだけじゃない。その前の、汚染獣《おせんじゅう》が来た時も、レイとんは守ってくれたんだよね」

「え……？」

おそらく、幼生体《ようせいたい》が襲撃《しゅうげき》した時のことだろう。

「ナッキから、戦ってる時の話は聞いてたの。秘密《ひみつ》兵器があるみたいだって、でも、それがなんなのか、会長さんはそれから何も言わなくて、変だなって言ってた。レイとんがいなかったのも変だって」

「うん……」

「……本当は、これを言ってたのもナッキなの」

俯《うつむ》いたまま強張《こわば》っていたメイシェンの肩《かた》からふっと力が抜《ぬ》けた。

「……わたしにはわからないよ。レイとんが天剣授受者《てんけんじゅじゅしゃ》っていうすごい人だったたって言われても、よくわからない。武芸者《ぶげいしゃ》の人がすごいのはわかるけど、それ以上はわからない。レイとんが悪いことをして、グレンダンを追い出されたのもわかるけど……」

言葉は途切《とぎ》れ、メイシェンは沈黙《ちんもく》した。

メイシェンは一般《いっぱん》人だ。天剣授受者という、グレンダンでしか通用しない表現《ひょうげん》で説明しても理解《りかい》してもらえないのはわかる。

それにレイフォン自身、いままでの対抗試合も本気でやってきたわけじゃない。学生レベルよりは上ぐらいの実力でなるべく戦ってきた。それよりも上の実力で戦ったかもしれないと思えるのは、第十小隊との試合を除《のぞ》けばゴルネオと戦った時くらいだろう。

でも、そんな差はメイシェンだけでなく他《ほか》の人たちにもわからなかったのかもしれない。

そして、あそこで試合をしている武芸者たちが汚染獣とはどんな戦いをしているのか、それもわからないのかもしれない。モニターに戦いの様子を中継《ちゅうけい》されるわけでもなく、シェルターの中でじっとしていなければならないメイシェンたちには、理解できないのかもしれない。

（ああ、そうか……）

女王の言葉の意味をもっと深く理解できた。

気付かせてはいけないとはそういうことなのだ。試合で戦っているぐらいの実力で汚染獣と戦えていると思わせておかなければいけないのだ。

天剣授受者の実力というのは、一般人の理解を超《こ》えすぎている。

だから、ナルキが幼生体を倒《たお》したのがレイフォンかもしれないと言っても、メイシェンには納得《なっとく》できないのだろう。

「そうだよ、僕《ぼく》だ」

レイフォンは頷《うなず》いた。

「本当に？」

俯いたままのメイシェンはまだ信じられない様子だ。

「信じられない？」

「……うん」

「でも、そうなんだ。嘘《うそ》だと思ってくれても別にかまわないけど」

「どう、して？」

「だってきっと、証拠《しょうこ》を見せてあげることなんてできないから」

ナルキには見せる日が来るかもしれない。彼女は武芸者で、武芸者であることを肯定《こうてい》している。ツェルニで汚染獣と戦う日がまた来るかもしれないし、その時、レイフォンがそばで戦っていることがあるかもしれない。

だけど、メイシェンにはその機会が訪《おとず》れることはないだろうと思う。汚染獣に襲《おそ》われたとき、一般人がすることはシェルターに逃《に》げることだ。

「信じたら、だめなのかな？」

「え？」

「わたしは、レイとんのことを信じたいよ」

俯いたメイシェンを見たまま、今度はレイフォンが言葉を失った。

メイシェンのその言葉は予想通りのようでもあり、意外な気持ちにもなる。信じてもらえるかもしれないという期待が予想通りであり、でも、そううまくはいかないかもしれないという不安もまたあった。

ただの他人ならここまで感情《かんじょう》がゆれたりすることはない。信じられようと信じられまいとどちらでもいいことだからだ。

「あ、ありがとう」

「レイとんが話してくれたこと、ずっと考えてたの。レイとんは色んなことを考えて、ああしないといけないって決めて、そうしたんだよね？」

「うん……」

「……わたしは、そこにいたわけじゃないから、レイとんを悪く言った人たちのことが……怒《おこ》りたいし、悲しくなるけど……でも、その人たちの気持ちはちゃんとわかってあげられないし、その人たちになにかを言うのは、間違《まちが》ってるとは思うんだけど……」

気が付けば、メイシェンの肩《かた》が震《ふる》えていた。

スカートにポツリと落ちた粒《つぶ》が黒い染《し》みを作っていく。

泣いているのだと、わかった。

「メイ……」

「レイとんは……がんばったんです」

呻《うめ》くようにそう呟《つぶや》いた。

「がんばったのに……それがわかってあげられないなんて……あんまりです」

「…………」

メイシェンが言っているのは、園にいた子供《こども》たちだ。

一瞬《いっしゅん》、あの子たちを弁護《べんご》する言葉が浮《う》かんだ。浮かんだけれど、飲み込《こ》んだ。恨《うら》んでいるからではない。弁護することすらも自分には許《ゆる》されていないような、そんな気がした。

恨めばいい。

少し前に、ゴルネオにそう言った。自分には恨まれる資格《しかく》がある。どういう事情があろうと、それはゴルネオには関係がない。ゴルネオにとってのガハルドが大切な人物なのであれば、その彼を廃人《はいじん》のようにしたレイフォンには恨まれる資格がある。

そして、それを止める資格はレイフォンにはない。

同じことが園の子供たちにも言える。

だから、

「ありがとう」

自分のために泣いてくれるメイシェンに、レイフォンは心からそう言った。

†

ドクンドクン……と、脈打つ音がする。

それはパイプを流れる液化《えきか》セルニウムの音なのか？　いや、違う。ツェルニはぼんやりとしたまま否定《ひてい》した。

原因《げんいん》はもっと違う場所にある。

そもそも……ツェルニという名の電子精霊《せいれい》に人間的な知覚は存在《そんざい》しない。自らの本体である巨大《きょだい》な都市を管理するのに、人間的な神経網《しんけいもう》では過敏《かびん》すぎるのだ。道路工事一つするたびに痛覚《つうかく》が悲鳴を上げているようでは都市の管理などできるはずもない。

だから、その感覚は都市で起きている感覚ではない。

ではなにか……？　という問いそのものにすでに答えがあった。

聴覚《ちょうかく》と呼《よ》ばれるものは都市を管理する機能《きのう》の中ではごく限定《げんてい》された場所でしか使われていない。それ以外ではどこにあるか？

ここにある。

機関部の中心、そこにいる。

都市の全能力を扱《あつか》うための重要な存在。

童子の姿《すがた》をした電子精霊……すなわち今思考している自分ということになる。都市全体を俯瞰《ふかん》する感覚と、本体とされる自分を管理する感覚。普段《ふだん》は明確《めいかく》に線引きして感じることができるのだけれど、覚えのない感覚にツェルニは戸惑《とまど》っていた。

しかしこれは、聴覚なのだろうか？　触覚《しょっかく》のような感じでもある。なにかの脈動にツェルニ自身が揺《ゆ》れたような、そんな気もしてツェルニは判断《はんだん》に困《こま》った。

なんなのだろう、この感覚は……？

原因を探《さぐ》ろうとずっと自己《じこ》解析《かいせき》を行っているのだが、問題なしという結果だけが返ってくる。

それでもおかしいと思う。

おかしいおかしいと思いながら、気が付けばツェルニは一点を見つめていた。

機関部を包む層を抜《ぬ》け、都市の外壁《がいへき》も越《こ》え、はるか彼方《かなた》、大地を見つめている。

あの場所に行かなければ……焦《あせ》りに似《に》た気持ちがツェルニを駆《か》り立てていた。

†

「お前の強情《ごうじょう》さにはうんざりするな」

キリクの冷たい言葉に、レイフォンは「すみません」と頭を下げた。

車椅子《くるまいす》の青年は、その美貌《びぼう》に似合わない不機嫌《ふきげん》な表情《ひょうじょう》で鼻を鳴らす。

「お前のために作ったんだ。それを、使わないと言われてはこいつがあまりに惨《みじ》めだからな」

二人の視線《しせん》はテーブルに置かれた錬金鋼《ダイト》に向けられた。

一際《ひときわ》大きな錬金鋼《ダイト》と、それに並《なら》ぶように特製《とくせい》の革《かわ》ベルトに収《おさ》められたスティック状《じょう》の錬金鋼《ダイト》。

複合錬金鋼《アダマンダイト》と、その媒体《ばいたい》たちだ。媒体の組み合わせ次第《しだい》で様々な性質《せいしつ》及《およ》び形状を取ることができる、錬金科《れんきん》に在籍《ざいせき》するキリクがこの学園で研究した成果がこの複合錬金鋼《アダマンダイト》だ。

「現状では剣《けん》、糸、槍《やり》、薙刀《なぎなた》、弓、棍《こん》への変化が可能《かのう》だ。剣のバージョンはいくつかある。……お前の願い通り、刀への変化は除外《じょがい》した」

「はい」

「まったく……」

都市外戦闘用《せんとう》の装備《そうび》を着たレイフォンは、キリクの説明を黙《だま》って聞いていた。

一度寮《りょう》に戻《もど》って着替《きが》えその他を済《す》ませたレイフォンは、ツェルニの下部ゲートにいた。

ここに来るのは三度目だ。

一度目は老性体《ろうせいたい》との戦いの時。二度目は廃都《はいと》の調査《ちょうさ》に向かった時。

最初は一人で、二度目は第十七小隊と第五小隊の共同だった。

三度目は……

「へぇ、面白《おもしろ》いもん持ってるさ〜」

躊躇《ちゅうちょ》なく背後《はいご》に立つ気配に、レイフォンは顔をしかめた。

「機密事項《きみつじこう》だ。失《う》せろ」

「へーい」

レイフォンがなにか言うよりも先にキリクに睨《にら》まれ、気配の主……ハイアは後ろに下がる。

ハイアの後ろにはランドローラーが数台並び、そこに十人ほどの武芸者《ぶげいしゃ》が待機していた。全員、ハイアの部下たち、サリンバン教導傭兵団《きょうどうようへいだん》の武芸者だ。


手術《しゅじゅつ》の前日、カリアンが病室にやってきた。

「実は都市に異常《いじょう》が起きている」

見舞《みま》いの品を置き、一通り儀礼《ぎれい》的な挨拶《あいさつ》を交《か》わした後でカリアンはそう漏《も》らした。

「異常？」

「傭兵団からもたらされた情報《じょうほう》だが……」

カリアンの言葉でハイアの顔が浮《う》かび、レイフォンは嫌《いや》な顔をした。あの試合の後、病院に運ばれたそうだがすでに完治しているはずだ。それなのにツェルニを出て行ったという話は聞いていない。

「ああ、そんな顔をしないでくれたまえ。彼らにはまだ使い道がある」

「どんな……ですか？」

「対汚染獣《おせんじゅう》の戦力として彼らの実力は捨《す》てがたい。また、あの廃貴族《はいきぞく》とやらを処分《しょぶん》してもらうためにも、彼らにはいてもらわなければならない。もちろん、前回のような手段以外で、だがね」

そんな都合のいい手段があるのかどうかはわからないが、少なくとも前半部分に関しては本気なのだろう。

幼生体《ようせいたい》との戦闘《せんとう》を見てわかったが、ここにいる学生武芸者たちは汚染獣との戦闘経験《けいけん》が皆無《かいむ》に近い。グレンダンでならば見学ぐらいはしているはずだが、そういうこともないようだ。

やはり、グレンダン以外の都市は比較《ひかく》的平和なのだろう。

「それで……」

「ああ。彼らだが……彼らのところの念威繰者《ねんいそうしゃ》が汚染獣を発見した。都市の進路上だ」

「進路上？」

カリアンの言葉にレイフォンは困惑《こんわく》した。念威繰者が発見できるような距離《きょり》に汚染獣がいるのなら、都市は回避《かいひ》行動を取っているはずだ。

「おかしな話だ。最初は疑《うたが》ったよ。もちろん、察知した念威繰者も疑ったようだ。ハイア君への報告《ほうこく》を遅《おく》らせて、数日観察したようだからね」

そこで、カリアンは一呼吸《ひとこきゅう》置いた。眼鏡《めがね》の奥《おく》で瞳《ひとみ》が鋭《にぶ》く光る。

「しかし、都市は進路を変えなかった。依然《いぜん》、同じ方角に向かって進み、汚染獣もまたその場所から動いてはいない」

「フェリ……妹さんに確認《かくにん》してもらったんですか？」

「距離がずいぶんとあったからね。あれぐらいになると念威端子《たんし》を飛ばすよりも探査機《たんさき》を向かわせた方が早い。結果は昨日来た」

カリアンは鞄《かばん》から書類封筒《ふうとう》を取り出すと、レイフォンに差し出した。

受け取り、中身を確認する。こんなことは前にもあった。中に入っていたのは予想通りに写りが決してきれいとはいえない写真で、写されているのは都市の外に有り余《あま》るほどにある荒野《こうや》の光景だった。

そして、その荒野の中に見覚えのあるものが無数に写っていた。

休眠中《きゅうみんちゅう》の汚染獣〝たち〟だ。

「ああ、そうだ。紹介《しょうかい》しとくさ〜」

キリクの説明が終わり、複合錬金鋼《アダマンダイト》とカートリッジを腰《こし》に納《おさ》めていると、ハイアが声を上げた。

指でランドローラーの周りにたむろしている部下たちの一人を呼《よ》び寄《よ》せる。

「おれっちたちのサポートをする念威繰者さ」

ハイアの背後に控《ひか》えたのは、奇妙《きみょう》な長身の男だった。

頭から全身をすっぽりとフードとマントで隠《かく》している。フードから覗《のぞ》く顔には硬質《こうしつ》の仮《か》面《めん》を被《かぶ》り、手には革手袋《かわてぶくろ》を嵌《は》めている。

仮面では覆《おお》いきれない首の部分まで布《ぬの》で覆われ、徹底《てってい》的に地《じ》肌《はだ》を外に出さないつもりらしい。

(この人が……)

汚染獣の存在《そんざい》を察知した念威繰者ということになるのだろう。

探査機を飛ばさなければならないような遠距離にいる汚染獣の姿《すがた》を、誰《だれ》よりも早く発見した念威繰者……事実だとすればフェリよりもすごい念威を持っているのかもしれない。

「フェルマウスさ。声帯がだめになってるんで、通信音声以外では喋《しゃべ》らないさ〜」

「よろしくお願いします」

性別《せいべつ》を感じさせない機械的な声がレイフォンたちの頭上でした。そこには念威端子が一つ浮いている。

「こいつは念威の天才なんだけどさ、他にも特殊《とくしゅ》な才能があってさ〜。それのおかげでこんな格好《かっこう》をする羽目になったのさ」

「特殊な才能？」

自分の手の内を簡単《かんたん》に晒《さら》そうとするハイアに不審《ふしん》を感じたが、レイフォンは黙《だま》って続きを聞く。

まるで子供《こども》が自慢《じまん》したくてたまらない、だけど秘密《ひみつ》なんだからなと言った様子で、ハイアは声を潜《ひそ》めてこう言った。

「汚染獣の臭《にお》いがわかるのさ〜」

「臭い？」

なにを言っているのかと思った。

エア・フィルターの外に出てしまえば臭いを嗅《か》いでいる余裕《よゆう》なんてない。汚染物質の焼ける感覚が全身を支配《しはい》しているのだ。嗅覚《きゅうかく》なんてあっという間に麻痺《まひ》する。

「お疑《うたが》いでしょうが、臭いの判別《はんべつ》はできます」

機械的な声でフェルマウスが言った。

「ヴォルフシュテイン……あなたは数多くの汚染獣《おせんじゅう》を屠《ほふ》ってきた。あなたの体にいまだ残っている臭いからそれはわかる。余人にはわからないかもしれないが、私にはわかる。あなたはここにいる誰よりもたくさんの汚染獣を屠ってきた。そんなあなたと戦場を共にできることは光栄だ」

「あの……もうその名前は……」

「そうでした。失礼。レイフォン殿《どの》」

丁寧《ていねい》に頭を上げるフェルマウスからは、慇懃無礼《いんぎんぶれい》とか嫌味《いやみ》とかいった雰囲気《ふんいき》はなく、逆《ぎゃく》にレイフォンの方がかしこまってしまった。

「おいおい。こないだおれっちが痛《いた》い目にあわされたってのに、おべっかなんて使う必要はないさ〜」

「あれは団長《だんちょう》が悪い。目的のために手段《しゅだん》を選ばないのは初代から続く方針《ほうしん》だが、前回のことではヴォルフシュテイン……失礼、レイフォン殿を挑発《ちょうはつ》するような行動はまったく必要ではなかった。むしろ廃貴族《はいきぞく》の危険性《きけんせい》をきちんと説明し、協力を仰《あお》ぐべき相手を敵《てき》に回すなど、リュホウがいれば愚《おろ》か者と言われても仕方のない行為《こうい》だ」

「先代《おやじ》のことを言うなさ〜」

「いいや、言わせてもらう」

ハイアがうんざりとした様子を見せる。その背後《はいご》では傭兵団《ようへいだん》の連中が朗《ほが》らかに笑っている。

複雑《ふくざつ》な思いで、レイフォンはハイアたちを見た。

「……まぁ、過《す》ぎたことをこれ以上言っても益《えき》はないでしょう」

「いや、これ以上は勘弁《かんべん》して欲しいさ〜」

機械音声で長々と説教をされたハイアはその場にぐったりと座《すわ》り込《こ》んでしまっていた。

「それよりも、私のことでしたね」

言うと、フェルマウスはレイフォンに向き直った。

「私は確かに汚染獣に対して独自《どくじ》の嗅覚を持っています。その臭いとは汚染物質を吸《す》い寄せる際《さい》に発する特殊な波動です。都市の外がほぼ常《つね》に荒《あ》れた風に覆われているのは、汚染獣たちが汚染物質を動かしているためです」

「は、はあ……」

汚染獣たちが大気を動かしているという、そんな壮大《そうだい》な話をされてもレイフォンは唖然《あぜん》としているしかできない。

「私の嗅覚は、その波動に乗った汚染獣の老廃《ろうはい》物質の臭いを感じ取ることができます」

「でも……」

いまだにレイフォンはその言葉に説得力を感じることができなかった。汚染獣が大気を動かしていると言われてもピンと来ない。突拍子《とっぴょうし》もないし、理解《りかい》するにはスケールが大きすぎる。

要は、信憑性《しんぴょうせい》がないのだ。

それになにより、レイフォンが疑問《ぎもん》を覚えているのは……

「ええ、わかります。汚染獣の臭いを感じ取るにはエア・フィルターの外に生身でいなければならない」

「……はい」

フェルマウスの右手がゆっくりと持ち上がる。

その間にも言葉は続く。

「汚染物質に長時間生身で晒《さら》されれば、人は生きていけない。その体は焼け、腐《くさ》り、崩《くず》れ落ちていく。わたしの体もその苦痛《くつう》の縛《ばく》から逃《のが》れることはできない。また、そんなことを何度も繰《く》り返しているのなら除去手術《じょきょしゅじゅつ》が間に合うはずもない……」

右手が仮面《かめん》の顎《あご》を摑《つか》んだ。

「しかし、わたしにはもう一つ異常《いじょう》な体質《たいしつ》があった。あるいは耐性《たいせい》ができたのかもしれない。わたしは汚染物質の中にいても死ぬことはない、特殊な代謝《たいしゃ》能力を手に入れることに成功した。私の体を調べれば、あるいはもしかしたら、人は汚染物質を超越《ちょうえつ》する日が来るかもしれません」

　そしてフェルマウスが仮面を外す。

　レイフォンの背後にいたキリクが息を飲む音が聞こえた。レイフォン自身も同じように、わずかに開いた口から言葉も出せないままに固まった。

「しかし、その代償《だいしょう》は私のような者になることかもしれませんがね」

　そこには炭《すみ》を塗《ぬ》ったように黒い肌《はだ》があり、その上を赤い血管が走り回っていた。鼻梁《びりょう》は崩れ落ちたのか、二つの穴《あな》がそこにあるだけで、瞼《まぶた》はなく、白く濁《にご》った眼球《がんきゅう》がむき出しのまま収《おさ》められていた。乾《かわ》ききった唇《くちびる》は裂《さ》けたまま定着し、その隙間《すきま》から対照的な白さを保《たも》つ歯列を覗《のぞ》かせていた。

　除去手術が間に合わないほどに汚染物質を浴び続け、そしていまなお生きている人間の顔がそこにあった。

「私の感覚を、どうか信じてくださいますよう。陛下《へいか》に認《みと》められし方よ」

　仮面を被《かぶ》りなおしたフェルマウスは深々とレイフォンに腰《こし》を折った。

†

サイレンが野戦グラウンドに鳴り響《ひび》いた。

念威繰者《ねんいそうしゃ》を外せば、実際に野戦グラウンドで動き回る戦力は第十七小隊が四人なのに対して、第一小隊は六人、数で負けていることになるが陣前《じんぜん》で防衛《ぼうえい》する者を残しておかなければならない関係上、この戦力差はほぼなくなると考えても良かった。

実際、フェリが探査《たんさ》した結果、陣前で待機している二人の姿《すがた》があった。

開始のサイレンと同時にニーナたちは動いた。左翼《さよく》からニーナを先頭にナルキが付いていく。今回は第十七小隊が攻撃《こうげき》側だ。隊長であるニーナが倒《たお》れれば即座《そくざ》に負けとなる。弱点をさらけ出した形になる分、攻撃がこちらに集中すると読んだし、実際、第一小隊はニーナに人員を割《さ》いた。その中にはヴァンゼ自身の姿もある。

「無謀《むぼう》な……」

ヴァンゼはその巨軀《きょく》を活《い》かしてニーナの前に立ちふさがり、そう呟《つぶや》いた。手にした長大な棍《こん》を振《ふ》り回し、剄《けい》の暴風《ぼうふう》を起こす。

その左右を隊員で固められ、進路を完全に塞《ふさ》がれた。

「無謀かどうかは……終わってから言ってもらいたい！」

ニーナが叫《さけ》び、振り下ろされた棍を鉄鞭《てつべん》で受け止める。重量のある衝撃《しょうげき》がニーナを襲《おそ》い、堪《こら》えた足が地面に沈《しず》んだ。衝剄で棍を弾《はじ》き飛ばし、ヴァンゼの懐《ふところ》に飛び込んでいく。棍という武器《ぶき》の性質上、超近距離《ちょうきんきょり》戦では効果《こうか》は半減《はんげん》すると読んだ。

読み通りだったのか、左右の隊員がニーナを引き剣《は》がそうと動く。

後方のナルキが取り縄《なわ》を飛ばし、右側の隊員を牽制《けんせい》した。取り縄は隊員の剣《けん》に巻《ま》きつき、動きを止めるのに成功した。

それでも、二対一……まだニーナの不利な状況《じょうきょう》だった。ヴァンゼと自分との実力では、ヴァンゼの方に分がある。最上級生ということもあるが、その間に経験《けいけん》した対抗《たいこう》試合や武芸大会などのツェルニ内での戦闘《せんとう》であれば、ヴァンゼはニーナよりも豊富《ほうふ》に経験している。

だが、ニーナとヴァンゼの戦いに第一小隊の視線《しせん》を釘付《くぎづ》けにし、その勝敗のために動くように仕向ければ、控《ひか》えているダルシェナが動きやすくなる。ニーナは怯《ひる》むことなくヴァンゼに鉄鞭を打ち込んだ。

ヴァンゼの動きは、豪快《ごうかい》で力任《ちからまか》せな初撃のようなものもあれば、巨軀を小さく見せるような構《かま》えでニーナの超近距離戦を凌《しの》ぐなど、細やかな面も織《お》り交ぜられ、隙がない。

懐から追い出されたところを、背後《はいご》に回られた隊員に打ち込まれる。その場で身を低くしたニーナは左手の鉄鞭で相手の剣を前に押《お》し流したところで、今度は立ち上がる。体勢《たいせい》を崩《くず》した隊員の体がニーナの肩《かた》に乗り、そのまま前に、ヴァンゼに向けて投げ放った。

「うわっ！」

投げ飛ばされた隊員を避《よ》け、ヴァンゼが距離を詰《つ》めてくる。ニーナは衝剄を放ち、反動を利用して飛び下がった。

衝剄に打たれた隊員には目もくれず、ヴァンゼが迫《せま》る。巨体が風を突《つ》き飛ばし、棍が突きの形に構えられる。ニーナの体は宙《ちゅう》にあり、構えを戻《もど》しはしたが踏《ふ》ん張《ば》りが利《き》かない。

ヴァンゼの体が一瞬《いっしゅん》、縮《ちぢ》んだように見えた。脇《わき》を締《し》めて棍を引き込んだのだ。

次の瞬間、目にも留まらぬ速さで棍が放たれる。弾くために動かしたニーナの鉄鞭は二本とも跳《は》ね返され、胸《むね》を強烈《きょうれつ》な衝撃が襲った。

ニーナが吹《ふ》き飛ぶ。

「隊長っ！」

ニーナの体が視界の隅《すみ》を抜《ぬ》けていくのにナルキは目を奪《うば》われた。その瞬間は見逃《みのが》されることなく、ナルキは握《にぎ》り締《し》めた取り縄の感触《かんしょく》が変化したのに気づく。

一瞬の取り縄の緩《ゆる》みを相手は見逃さなかったのだ。視線を戻したナルキは縛《ばく》から抜け出した小隊員の姿がすぐ側《そば》にあるのを見た。

「なっ！」

「甘《あま》いぞ！　新人！」

「ぬあっ！」

衝撃波に全身を打たれ、地面に突き飛ばされる。ナルキは起き上がろうとしたが、全身が痺《しび》れて思うように動かなかった。そうしているうちに判定《はんてい》が下り、ナルキは行動不能《ふのう》ということになってしまった。

誰もがニーナにもこの判定が下ると思った。

だが、そうではない。

「ぬっ！」

吹き飛んだニーナを中心に土煙《つちけむり》の幕《まく》が張った。湿気《しっけ》の混《ま》ざった土はすぐに地面に落ちていく。その幕が落ちきるよりも早く、一個《いっこ》の影《かげ》が飛び出してきた。

内力系活剄《けい》の変化、金剛剄《こんごう》。

レイフォンから教えられたその技《わざ》で、ニーナはヴァンゼの突きを受けきっていた。反射《はんしゃ》的に受けの構えになったヴァンゼに全力の一撃を加える。上段で受け止められたニーナはヴァンゼが反撃に回るよりも早く、衝突点を起点に頭上を飛び越《こ》えると、ナルキを倒《たお》した隊員に飛び掛《か》かる。不意を打たれた隊員は、ニーナの一撃に倒れた。

続けざま、ニーナは最初に衝剄を受けて倒れた隊員にとどめを当てた。戦闘《せんとう》不能の判定が下る。

観客席から湧《わ》き上がった声が野戦グラウンドに浸透《しんとう》した。

「……まだ、勝負は終わってないぞ」

「強くなったな……」

棍を構えなおすヴァンゼの姿《すがた》に動揺《どうよう》は見られなかった。ニーナはゆっくりと鉄鞭の構えを変えながら動く。

「あの男の影響《えいきょう》ということか」

「頼《たよ》り切るのは、わたしの性分《しょうぶん》ではない」

ニーナの放った言葉に、ヴァンゼが口元を緩めた。

「なるほどな。あいつの思惑《おもわく》は、とりあえず良い方向に動いてはいるということか」

レイフォンの過去《かこ》を知っていたのはカリアンだ。彼が一般《いっぱん》教養科に入学したはずのレイフォンを武芸科に転科させ、そして小隊員が足りなかったニーナにレイフォンを入れるように仕向けた。

ニーナの決意にカリアンの思惑が重なったのが第十七小隊の本格《ほんかく》的な始まりと言ってもいい。

「会長には感謝《かんしゃ》している。……だが、ここから先はわたしの道だ」

「いい返事だ」

ニーナの剄《けい》に、ヴァンゼも剄で応《こた》える。

「存分《ぞんぶん》に付き合ってやろう……そう言いたいのだがな」

ヴァンゼの言葉には、残念な響《ひび》きが宿っていた。

「これで終わりだ」

その瞬間、第一小隊の陣前《じんぜん》で異変《いへん》が起きた。

視界を焼く光が一面を支配《しはい》し、続いて歓声《かんせい》を飲み込《こ》むほどの轟音《ごうおん》がグラウンドを蹂躙《じゅうりん》する。その衝撃に、ニーナは身構《みがま》えた。

「状況《じょうきょう》は!?」

ヴァンゼの前だと言うことを一瞬忘《わす》れ、声を張り上げる。

「地中に埋《う》めた念威爆雷《ねんいばくらい》です。……やられました」

念威端子《たんし》から返るフェリの声に、わずかに苛立《いらだ》ちのようなものが宿っていた。

タイミングは自由に、そうダルシェナには伝えていた。いつ動いた……？　観客の歓声に押し出されるように出たのだ。それならば、あの爆発のタイミングに合う。

合うということは……

「……視覚を封《ふう》じられ、その隙《すき》を突かれました」

続くフェリからの通信がニーナの作戦が破《やぶ》れたことを伝えてくる。

念威爆雷の威力《いりょく》にダルシェナがやられたとは思えない。だが、大量の、しかも不意打ちの念威爆雷の光と音……しかもあれだけ大量ともなれば目をやられたとしても仕方ない。

だが……まだ！

「そしておれがお前を抑《おさ》え、その間にシャーニッドとあいつの妹を叩《たた》く。……その間ぐらいは付き合ってやろう」

ダルシェナもナルキも倒れ、動き回れるのはニーナのみ。フェリの戦闘能力は高いが、武芸者《ぶげいしゃ》数人がかりともなれば話は違《ちが》ってくる。

「お前の負けだ。ニーナ・アントーク」

まだ勝てる！

心でそう念じているのに、それを力として鉄鞭《てつべん》を握《にぎ》ることができない。

棍《こん》を持ち上げるヴァンゼの体が、必要以上に大きく感じた。

視力《しりょく》を回復《かいふく》したダルシェナの強力な視線に、ニーナは思わず視線をそらしそうになってしまった。

荒《あ》れ狂《くる》う怒《いか》りの気配が控《ひか》え室を席巻《せっけん》している。

「っ！」

声もないまま、激発《げきはつ》の波紋《はもん》が走り抜《ぬ》ける。形となったのは破砕《はさい》音だ。壁《かべ》に並《なら》べられたロッカーの一つが盛大《せいだい》に二つにまげられ、床《ゆか》の上を跳《は》ねた。

「落ち着けよ、シェーナ」

疲《つか》れ果てた声で、ドア側の壁に避難《ひなん》したシャーニッドが呟《つぶや》いた。

「……落ち着け、だと？」

ロッカーを叩き潰《つぶ》した本人……ダルシェナはゆっくりと振《ふ》り返ってシャーニッドを睨《にら》み付けた。

「私は……ここまで無様な試合をしたのは初めてだ」

あまりの怒りに声を荒《あら》らげることもできない様子で、ダルシェナは一同を見回した。

結局、ニーナとヴァンゼの一騎《いっき》打ちなどそれ以後も演《えん》じられなかった。ヴァンゼの攻撃《こうげき》が来ると見えた瞬間《しゅんかん》、ニーナは狙撃《そげき》されたのだ。

シャーニッドたちに小隊員を向けるという言葉自体、フェイクだったのだ。

武芸長の迫力《はくりょく》に押《お》され、四方への注意を怠《おこた》ってしまった結果だ。試合終了《しゅうりょう》のサイレンを、ニーナはグラウンドに倒《たお》れたまま呆然《ぼうぜん》と聞くしかなかった。

「くそっ！」

ダルシェナがもう一つロッカーを破壊《はかい》する。

「いい加減《かげん》にしとけよ」

「だが……っ！」

きっと睨み返してくるのに、シャーニッドは顔をしかめた。

「周りに頼《たよ》ってばっかで周囲の注意を怠ったろう？　もう、前だけ見てりゃいいなんてことはねぇんだぜ」

「っ！」

その一言でダルシェナの顔が引きつった。唇《くちびる》が開く。怒鳴《どな》り声が返ってくるかと思ったが、ダルシェナは何も言わないままに唇を閉《と》じて、嚙《か》み締《し》めた。

「くっ……」

閉《と》じられた唇からそれだけを零《こぼ》すと、控え室を突《つ》っ切って出て行く。

勢《いきお》いよく閉じられたドアの音がしばらく控え室の中に残っていた。

「……ま、おれはうまくやれた方だと思うがね」

耳に残るその音を払《はら》うように呟かれたシャーニッドの言葉は、慰《なぐさ》めにしか聞こえなかった。

「……どこがだ？」

だから、反論《はんろん》してしまった。

「無様な、試合だったのは事実だ」

「ま、それはそうなんだけどな。ヴァンゼの旦那《だんな》の作戦勝ちだ。シェーナの弱点をこれでもかってくらいに正確《せいかく》に突いてきた。念威爆雷の仕《し》掛《か》けようなんて見事じゃなかったか、フェリちゃん？」

促《うなが》されたフェリはいつも以上に硬質《こうしつ》な表情《ひょうじょう》で頷《うなず》いた。

「……おそらく、試合前に念威端子《ねんいたんし》をあの周囲の土中に埋《う》め、念威での接続《せつぞく》を断《た》っていたはずです。そうでなければ、相手の念威の流れを読むことができました。ぎりぎりで念威を通し、爆雷として発動させた。汚染獣《おせんじゅう》を相手にするのなら必要のない技術《ぎじゅつ》ですが、対人戦では別です。見習うべき技術です」

「次はそうはいきませんが」と付け加える辺り、フェリも悔《くや》しかったのだろう。

「なるほどね……まぁ、そんな感じだ。ニーナもレイフォンに技《わざ》を教えてもらったみたいだが、それ一つでなんでも切り抜けられるようなもんでもねぇだろ？　第一小隊は甘《あま》くなかった。そういうこったろ？」

「だがっ……！」

それだけでは納得《なっとく》できない。

レイフォンが怪我《けが》をして試合に出られないと知って、目の前が暗くなった。そんな自分が許《ゆる》せなかった。レイフォンがいなければなにもできないなんて、認《みと》めたくはない。勝ちたかったのだ。今回は、今回だけは、いい勝負だったという言葉で終わらせたくはなかった。

実際《じっさい》には、いい勝負ですらなかった。

病室で待つレイフォンに、なんて報告《ほうこく》すればいい？

打ちひしがれるニーナに、シャーニッドたちは声をかけてこなかった。

トントン……

控《ひか》えめなノックの音が、その静寂《せいじゃく》を破《やぶ》った。

ニーナは動けなかった。ため息とともにシャーニッドが動き、ドアを開ける。

「……メイ？」

ずっと黙《だま》ってベンチに腰《こし》かけていたナルキがそう呟いた。

開けられたドアの向こうに、怯《おび》えるように立つメイシェンがいる。

「こんちは〜」

その背後《はいご》でミィフィが空気を読まない能天気《のうてんき》な声で手を振っていた。

# 05　二つの戦場

「……どこかに、行くんですか？」

泣きやんでからメイシェンはそう呟《つぶや》いた。いくつかの停留所《ていりゅうじょ》を通り過《す》ぎたが、乗り込んでくる人はいない。呟いた言葉は線路を走る電車の音に紛《まぎ》れて、掻《か》き消えそうだった。

「え？」

「手術《しゅじゅつ》したその日に退院《たいいん》なんて、やっぱり変。レイとんは、どこかに行くつもりなんでしょ？」

ごまかしの言葉は浮《う》かんでこなかった。「違《ちが》うよ」と言えば信じてもらえただろうか？

きっと、信じてもらえない。

「……うん」

だから、頷く。

メイシェンがこちらを見る。泣き腫《は》らした目は赤く、その唇はなにかを言おうとして、飲み込んだ。

「レイとんじゃないと、だめなの？」

「他所《よそ》の都市なら、きっと僕《ぼく》でなくても良かったんだと思う」

だけど、ツェルニには練熟《れんじゆく》した武芸者はいない。学生武芸者には荷が重過ぎる。

老性体と戦った時、都市が半滅《はんめつ》することを覚悟《かくご》すれば倒せると言った。

確《たし》かに、倒せるかもしれない。だが、その時には都市そのものが使い物にならなくなっている可能性《かのうせい》も高い。なにより、そんな状態《じようたい》の都市に次の危機《きき》が来たら……汚染獣の危機だけではない。都市の機能そのものが人を生かすことができなくなっているかもしれない。

グレンダンであった食糧危機《しよくりようきき》と同じようなことが起きるかもしれない。

あの時はなんとかなった。だが、ツェルニにそれができるのか？

結局は、滅《ほろ》びるのがほんの少し遅《おそ》くなるぐらいのことでしかないのだ。

「僕がやるから、きっとうまくいく……傲慢《ごうまん》かな？」

「……ちょっと、そう聞こえる」

「だろうね」

本当は「ちょっと」どころではないのだろう。そんなことはずっと昔からわかってる。

「守ってやろうなんて気持ちはないんだ。……武芸者以外の道を探《さが》してるって、前に言ったよね？　あの気持ちはいまでもあるんだ。今年の武芸大会を無事に乗り切れたら、一般《いっぱん》教養科に戻《もど》るつもりだよ」

「本当に、できるの？」

「僕を武芸科にいれた会長さんも卒業するんだし、できるはずだよ」

「でも……」

「ここで始めたいんだ」

メイシェンが言おうとしたことは、なんとなく想像《そうぞう》がついた。だから、聞きたくない。

「グレンダンから出てきた時は、ここしかなかった」

奨学金《しょうがくきん》の試験に合格《ごうかく》できたのがここだけだった。学力的、金銭《きんせん》的理由でグレンダンから出るしかなかったレイフォンは、ツェルニに来るしか選択肢《せんたくし》はなかった。

だから、ここに来た。

「いまはちょっと違う。メイやナッキやミィがいて、隊長や、みんながいるここで、僕は何かを始めたいって思ってる」

そのために、ツェルニには存続《そんぞく》してもらわなくてはならない。

「そのためにできることは、なんでもするよ」

「……わたしに、できることってない？」

メイシェンの言葉に、レイフォンは視線《しせん》を戻した。

「……戦うこととか、わたしには無理だけど、わたしにもレイとんのためにできることは、ないの？」

「…………」

「レイとんは、自分のためだって思ってるかもしれないけど、それでも、それでわたしたちは守ってもらえてるんだから……わたしだって、レイとんになにかしたい」

「……ありがとう」

「だって……だって……わた、わたし……」

メイシェンが何かを言おうとしたけれど、顔を真っ赤にして俯《うつむ》いてしまった。

「じゃあ、一つ、お願いがあるんだ」

「え？」

「試合が終わってからでいいんだけど、隊長たちのところに行って伝えて欲《ほ》しいことがあるから、お願いできるかな？」

言って、レイフォンはそれを伝えた。

それはとても短い内容《ないよう》だった。

「それで、いいの？」

「うん、隊長ならきっとわかる」

そう言い切ったレイフォンをメイシェンがまじまじと見つめる。

「レイとんは、隊長さんを信じてるんだね」

「うん」

素直《すなお》に頷《うなず》いたことがなんだか恥《は》ずかしくて、レイフォンは苦笑いした。

†

そうしてメイシェンは控《ひか》え室の前にいた。

途中《とちゅう》、関係者以外立ち入り禁止《きんし》と書かれたロープに立ち往生《おうじょう》してしまったのだけれど、そこは途中で出会ったミィフィが対抗《たいこう》試合の運営委員会をしているという先輩《せんぱい》に掛《か》け合ってくれたので、なんとかなった。

「メイ……どうかしたのか？」

控え室にあった硬質《こうしつ》な空気に触《ふ》れてメイシェンは立ちすくんでしまっていたが、すぐに意を決するとニーナの前に移動《いどう》した。

「あ、あの……」

「どうした？」

ナルキではなく自分の前に来たのが意外だったのだろう。ニーナは驚《おどろ》いた顔をし、それから深呼吸《しんこきゅう》するように表情《ひょうじょう》を柔《やわ》らかくしてメイシェンに尋《たず》ねてきた。

メイシェンはなんとか優《やさ》しい顔を作ろうとしているニーナをじっと見つめた。

この人が、ニーナ・アントークだ。

別に初めて会ったわけじゃない。少し前に合宿に参加させてもらったし、それ以前でも祝勝会に混《ま》ぜてもらったりした。

それでも、こうしてちゃんと見たのは初めてのような気がする。

（この人が、ニーナ・アントークなんだ）

レイフォンが信じている人。

武芸者だけど、レイフォンよりも強いなんてことはないはずだし、レイフォンよりもすごい過去《かこ》をもってるなんてわけない……ないと思う。

でも、レイフォンはこの人を信じている。どうしてかは、まるでわからないのだけれど。

「あの……レイとんに、伝言を頼《たの》まれました」

「伝言？」

尻《しり》すぼみになるメイシェンの言葉に、ニーナは首を傾《かし》げた。

「それで、伝言というのは？」

メイシェンはすっと息を吸《す》い込《こ》むと、一息に言葉を口にした。

「会長に話を聞いて、ツェルニに向かってください。きっと、隊長にしかできないことです」

「ツェルニ?」

そう口にしたのはナルキだったが、同じように疑問《ぎもん》を感じているのは他《ほか》の人たちも同じようだった。言葉の意味がよくわからないという感じで首を傾げている。

「ツェルニってここだよね？　どういうこと？」

「わからないよ……」

ミィフィに聞かれて、メイシェンも困《こま》ってしまった。

「……会長に話を聞け、と言ったんだな？」

ニーナの言葉で視線《しせん》を戻《もど》した。彼女はみんながまだ首を傾げている中でなにかに気付いたらしい。

「ニーナ、なんかわかったのか？　まぁ、意味はよくわかんねぇけど、状況《じょうきょう》だけはよくわかったけどな」

「そんなの、あなたでなくともわかります」

シャーニッドがやれやれと肩《かた》をすくめ、フェリが冷たい言葉を吐《は》いた。

「前半部分だけで十分です」

「ぼ、僕は今回、関係ないからね！」

ダルシェナが怒《いか》り狂《くる》ってる間からいままでずっと、なにくわぬ顔で全員の錬金鋼《ダイト》をチェックしていたハーレイは慌《あわ》てて無罪《むざい》を主張《しゅちょう》する。

「ていうか……え？　もしかしてそういうことなの？　あ……そういえば今日、キリクが研究室にいた気がする。ああ……あれってもしかして……うわぁ、ずるっ！」

思わず本心を口にして、ニーナがハーレイを睨《にら》む。

「そういう問題じゃないだろう。……まったく」

「まったく……お人よしです」

フェリがそう呟《つぶや》くと、ベンチに置かれていた剣帯《けんたい》から錬金鋼《ダイト》を抜《ぬ》き出した。

「時間が惜《お》しいので、端子《たんし》を飛ばします」

「頼む。できるだけ早くレイフォンとの通信が可能《かのう》になるようにしておいてくれ」

「今朝手術《しゅじゅつ》をしたはずですから、そう遠くまでは行けないでしょう。十分追いかけられます」

「そうだな、まったく！」

「で、お前はどうするわけ？」

シャーニッドの問いに、ニーナは振《ふ》り返らずに答えた。

「心当たりの場所に向かう。お前たちはすぐに動けるようにして待機しておいてくれ、指《し》示《じ》はおって出す」

「了解《りょうかい》」

シャーニッドの返事とともに、ニーナは控え室から飛び出していった。

後に残されたのは、錬金鋼《ダイト》を復元《ふくげん》して念威《ねんい》端子を飛ばすフェリと、剣帯を引き寄《よ》せてベンチに寝転《ねころ》がるシャーニッド……

そんな二人のそばで、なにがどうなっているのかわからないナルキとミィフィ、そしてメイシェンだった。

「あの……どうなっているんですか？」

ナルキが戸惑《とまど》いながらシャーニッドに尋《たず》ねた。

「あいつが無茶《むちゃ》をしてる、つぅことさ」

「え？」

「……本当に戦いに行ったんですか？」

ナルキとミィフィが驚《おどろ》いた様子でメイシェンを見た。

「あいつ、なんか言ってた？」

「……ここで始めたいから、守るって」

シャーニッドが「やれやれ」とため息を漏《も》らした。

「あいつらしい答えっちゃぁ答えだよな。まったく、平気でそういうことをやりやがる」

「ちょっと……待ってください」

理解《りかい》の追いつかないナルキはこめかみを押《お》さえている。

「レイフォンが、一体どうしたんですか？　戦うって……」

「そいつは、もうすぐわかるさ」

シャーニッドがフェリを見る。まるでタイミングを合わせたかのようにその声が端子越《ご》しに届《とど》いた。

「やぁ、もう知ってしまったかい？」

カリアンのやや苦味の入った声が控《ひか》え室に響《ひび》いた。

†

「知ってしまったか……ではない！」

屋根を走りながら、ニーナは怒鳴《どな》った。

野戦グラウンドを出ると、ニーナは目指す場所の方角を確《たし》かめ、建物の屋根へと飛び上がった。地上を活剄《かつけい》を使って走っていては一般《いっぱん》生徒に迷惑《めいわく》がかかるし、障害物《しょうがいぶつ》にもなる。

屋根伝いに駆《か》け抜ければ、その邪魔《じゃま》もない。

「どうして、レイフォンをそんな危険《きけん》に巻《ま》き込む？」

「できるなら、私だって彼には武芸大会に集中しておいて欲《ほ》しいと思っているよ」

それはカリアンにしても本心に違《ちが》いない。

「だが、状況がそれを許《ゆる》さない」

「一体今度は、なにが起こったって言うんです？」

カリアンの低い声に、ニーナはレイフォンをかってに戦いの場に向かわせたことへの怒《いか》りをいったん静めた。

「都市が暴走《ぼうそう》している」

「なんですって？」

「だから、都市が暴走してるんだよ」

カリアン自身もこの事実を自分の中でうまく整理できていないようだ。声には苛立《いらだ》ちがあった。

「汚染獣《おせんじゆう》の群《むれ》に自ら飛び込むような真似《まね》をしている。……そんなこと、簡単《かんたん》に誰《だれ》かに明かせると思えるかい？」

確《たし》かに、一般生徒に知られれば混乱《こんらん》になるだろう。

「しかし……」

「もう一つ……この間の幼生体《ようせいたい》との戦いで十分身に染《し》みたと思うのだけどね。我々《われわれ》は、やはり未熟者《みじゅくもの》の集まりなんだよ。幼生体との戦いでさえ、あんなにも苦戦した。いや、レイフォン君がいなければ、彼らの餌《えさ》となっていただろう」

言葉もなく、ニーナは走りながら唇《くちびる》を噛《か》んだ。

確かに、ニーナたちでは汚染獣とまともに戦うことはできないかもしれない。あの硬《かた》い殻《から》を、ニーナは打ち破《やぶ》ることができなかった。殻の上から打撃《だげき》を与《あた》えて、なんとか倒《たお》してはいたが、殻を破るほどの一撃が繰《く》り出せれば、もっと楽に戦えたはずだ。

その後の老性体《ろうせいたい》との戦いだって、ニーナは作戦立案という形でレイフォンに貢献《こうけん》したが、自分の実力でその作戦を実現《じつげん》できたか……できたとしても、では誰が幼生体よりもはるかに強い老性体を一撃で倒すことができたか……？

誰か……そんなことができそうな武芸者《ぶげいしゃ》がツェルニにいるか？

思い当たる人物は誰もいない。そもそも、幼生体との戦いの時に目を引くほどの戦果を上げた人物がいるという話を聞いてはいない。

「彼でなければ解決できない。これは、動かしがたい事実だ」

「くっ……」

レイフォンに突《つ》き飛ばされたような気がした。実力差なんてとっくに理解している。そう簡単《かんたん》に届《とど》くことのできない高みにいるのがレイフォンだ。それに追いつこうと努力しているのに……まるで追いつくことを許《ゆる》されていないような気分になる。

ニーナの足が走ることを止めようとしていた。

「だが……」

カリアンの言葉が沈《しず》みかけたニーナを引き止めた。

「君たちが来ることを望めば、行けるよう準備《じゅんび》をしておいてくれと頼《たの》まれている」

「え？」

「どういうつもりなのかは、彼に直接《ちょくせつ》聞いてくれたまえ。で、どうする？」

問いの後に、沈黙《ちんもく》が訪《おとず》れた。カリアンの声は他の連中も聞いているはずなのに誰も答えない。

ニーナの答えを待っている。

「わたしは行かない」

「ほう……」

ニーナの返答にカリアンは興味《きょうみ》深げに声を漏《も》らした。

「君らしからぬ答えだね」

「わたしには他《ほか》にやることがある」

ニーナにしかできない。レイフォンがそう言ったのだ。ツェルニに向かえ……都市の意《い》識《しき》である電子精霊《せいれい》もまたツェルニという名前だと、電子精霊の名前が都市の名前そのものなのだと、ほとんどの者は知《ち》識《しき》としては知っているかもしれないが、体感できている者はいない。

メイシェンが伝えてきた言葉はそういうことなのだ。

止まっていた足が動き出した。

レイフォンはニーナを信じてそう言ってくれたのだ。

電子精霊《ツェルニ》の異常《いじょう》をなんとかできるのはニーナしかいないと。なら、それをやらなければいけない。

「よう。おれたちはどうする？　そっち、手伝えることあるか？」

端子越《たんしご》しにシャーニッドが尋《たず》ねた。

「わからん。だが……サポートがいるとも思えん。レイフォンの所へ行ってやってくれ」

「了解《りょうかい》……信じるぜ？」

「当たり前だ」

シャーニッドから信じるという言葉が出たのが妙《みょう》におかしくて、ニーナは唇を緩《ゆる》めた。

「君がなにをするつもりなのかは知らないが……健闘《けんとう》は祈《いの》らせてもらおう」

「好きにしていてくれ」

カリアンに返事をし、ニーナは長く跳躍《ちょうやく》した。数棟《すうとう》の建物を越《こ》え、地面に降《お》りる。

昼間にこの場所に来るのは初めてかもしれない。

機関部への入り口。ニーナは職員専用《しょくいんせんよう》と書かれたその中に入っていった。

†

発見から報告《ほうこく》、そして確認《かくにん》と時間が経《た》ちすぎていた。

ランドローラーを四時間も走らせると、その場所に辿《たど》り着いてしまった。

「あそこさ〜」

岩場の陰《かげ》でランドローラーから降り、そこから視覚《しかく》を強化して目的の場所を見る。

乾《かわ》いた荒野《こうや》が続く中で、その場所だけはつい最近、地盤沈下《じばんちんか》か何かが起きたかのようにすり鉢状《ばちじょう》に陥没《かんぼつ》している。その斜面《しゃめん》にいくつもの大きな姿《すがた》が、地面に半ば埋《う》まった状態《じょうたい》で蠢《うごめ》いていた。

汚染獣《おせんじゅう》たちだ。

「一期か二期……」

「そんなところだろうさ」

レイフォンの呟《つぶや》きにハイアが頷《うなず》いた。

どうやら、あの地下で母体が幼生体《ようせいたい》を産んだようだ。都市が近寄《ちかよ》ることもなく、おそらく母体は幼生体たちの餌《えさ》となり、そこからさらに成体になるまでの間、激《はげ》しい共食いが起きていたに違いない。

「数は、十二体」

フェルマウスの機械的な声が汚染獣の数を告げた。

「前情報《まえじようほう》通りさ」

生まれた時には数百はいただろう幼生体が、汚染物質《ぶっしつ》を吸収《きゅうしゅう》できるようになるまでにそれだけ死に、食い合ったということになる。凄惨《せいさん》な生存《せいぞん》競争の果てに成体となった十二体は、都市という最高の餌が近づいたことを感じ取って休眠状態《きゅうみんじょうたい》から目覚めようとしていた。

「もうちょい遅《おそ》かったら、都市に直で来られてたさ」

言いつつ、ハイアは片手《かたて》を動かし、背後《はいご》に控《ひか》える部下たちを配置につかせた。

「さて……うちが受け持つのは半数の六体。そういう契約《けいやく》さ」

「知ってるよ」

そっけなくレイフォンは頷き、剣帯《けんたい》から複合錬金鋼《アダマンダイト》と青石錬金鋼《サファイアダイト》を取り出す。柄尻《つかじり》同士を組み合わせることができるのは、前のときと同じだ。そうしておいて、スティックの錬《ダ》金鋼《イト》を教えられた組み合わせにしたがってスリットに差し込《こ》んでいく。

カリアンから事情は聞いている。

独自《どくじ》の放浪《ほうろう》バスで都市間を移動《いどう》するサリンバン教導傭兵団《きょうどうようへいだん》は、金によって都市に雇《やと》われ汚染獣と戦い、戦争に参加する。

カリアンも汚染獣と戦わせるために傭兵団と交渉《こうしょう》した。

だが、ハイアの提示《ていじ》した金額《きんがく》はツェルニに支払《しはら》えるものではなかった。

学園都市の主な収入源《しゅうにゅうげん》は研究や新技術《しんぎじゅつ》、あるいはそれを開発するための実験、検証《けんしょう》のデータだ。アマチュアの集まりとはいえ、上級生ともなれば各都市で研究員になれるぐらいの知識《ちしき》は身につく。そこで研究や開発されたデータは、専門《せんもん》分野において直接《ちょくせつ》的な発見や新技術の土台となることもあるが、そこで行われた実験や検証のデータそのものもまた、他の都市の研究機関にとっては意味を持ってくる。そういうものを売ることによって学園都市は利益《りえき》を生む。

が、学園都市であるだけに利益のみを追求することはしない。生じた利益は主に学生たちの生活を援助《えんじょ》するために使われる。

ハイアの要求する金額は、ツェルニの財政《ざいせい》事情からして支払えるものではなかったということだ。

そこでカリアンとハイアの間で妥協案《だきょうあん》が持ち上がり、締結《ていけつ》した。

支払える額をカリアンが提示し、その額で動かせる傭兵の数をハイアが提示する。動員できる傭兵の数で一度に相手できる汚染獣の数が決められ、その残りをツェルニの戦力で対処《たいしょ》する。

そういうことになった。

ツェルニの戦力とは、すなわちレイフォンのことだ。

「半分はくれてやる。好きに狩《か》ればいいさ」

「……むかつく物言いさ」

ハイアの不機嫌《ふきげん》な声を、レイフォンはもう聞いていなかった。

「やめておけ。天剣を持つことが許《ゆる》されるような武芸者とは、そういうものだ」

ハイアの苛立《いらだ》ちをフェルマウスが宥《なだ》める。

「天剣を持つことができるということは、すなわち他者の追随《ついずい》を許さない実力を持つということだ。戦場に何人の味方がいようとも常《つね》に一人。それが天剣授受者《じゅじゅしゃ》。隣《となり》に立つことが許されるのは、同じ天剣授受者だけだ」

「けっ」

都市外でなければ唾《つば》でも吐《は》いていたという顔で、ハイアは言った。

「結局、協調性がないってことさ～。おれっちが天剣を握《にぎ》ることになっても、そんなことにはならないさ」

「期待している。私も、リュホウもな」

意味深なそのセリフにレイフォンは興味《きょうみ》を持ったが、自分から尋《たず》ねることはなかった。

スリットにスティック型の錬金鋼《ダイト》を入れ終え、剄《けい》を流す。

「レストレーションAD」

復元鍵語《ふくげんけんご》に反応《はんのう》し、複合錬金鋼《アダマンダイト》が形を変える。爆発《ばくはつ》的に倍加した重量が腕《うで》にのしかかる。

「……あの人は」

復元された剣を見て、レイフォンは顔をしかめた。人のことを頑固《がんこ》だとか言っておいて、自分はどうなんだろう。

手にした剣は、確《たし》かに剣ではあった。片刃《かたば》でほんのわずかに曲線を描《えが》いてはいるが、剣だ。刃の部分でそれがわかる。切れ味よりも頑丈《がんじょう》さを優先《ゆうせん》にしている刃には刀特有の透明《とうめい》感はなかった。

（まぁ、これぐらいなら、前のだってこんな形だったし）

それに、汚染獣《おせんじゅう》の硬《かた》い外殻《がいかく》を切るにはこの形がやりやすいのも確かだ。

「さて……」

行こうかな。そう思って呟いた。瞬間《しゅんかん》、背後が気になったが追ってくる気配は感じられなかった。

（メイ、ちゃんとできたかな？）

彼女がレイフォンの頼《たの》みを無視《むし》することはないと思うが、対抗《たいこう》試合が行われている中で控《ひか》え室に行くのは難《むずか》しい。ちゃんと呼《よ》び出せたりできていればいいんだけど……

「おい、もうちょい待つさ。寝《ね》ぼけてる時より起きてる時の方がやわいさ〜」

休眠状態《きゅうみんじょうたい》の時の汚染獣は甲殻《こうかく》の密度《みつど》に変化でも生じているのか、非常《ひじょう》に硬い。行動する時には硬すぎては動きに支障《ししょう》が出るためか、多少は柔《やわ》らかくなる。

休眠時に同類に共食いされないためだと言われているが、はたしてそうなのか……

近づいてくるツェルニの存在《そんざい》をすでに感知しているはずの汚染獣たちは、地面に半ば埋《う》まったままで、身もだえをしているだけだ。おそらく、殻の硬度を下げて動きやすくしているのだろう。

「……僕《ぼく》の分だけ片付けても別にいいけど」

「むかつく。お前にチームワークのすばらしさを教えてやるから、黙《だま》って待つさ」

巨岩《きょがん》の頂点《ちょうてん》でどっかりと腰《こし》を下ろしたハイアを、レイフォンは無視しようとしたのだが

……

（まぁ、もうしばらく待ってください）

念威端子《ねんいたんし》からのフェルマウスの声で足を止めた。

ハイアを見るが、フェルマウスの声が聞こえている様子はない。

（いまは、あなたにだけ話をしています）

「どうしてです？」

レイフォンも声を潜《ひそ》めて尋ねた。

（ハイアはあなたに興味《きょうみ》があったのですよ。リュホウは良く、兄弟子《デルク》の話をしていましたからね。その弟子《でし》であるあなたが天剣《てんけん》授受者となったことを、我《わ》がことのように喜んでいました）

機械音声のようなのに、そこに懐《なつ》かしさが宿っているのを感じられる。

「あなたは……」

（私は、リュホウとは小さな頃《ころ》からの馴染《なじ》みでしてね。まぁ、歳《とし》はリュホウの方がずいぶん上なのですが、デルクとも面識があります。……いまの私を見て、彼が私を認識《にんしき》できるかどうかは謎《なぞ》ですがね）

仮面《かめん》の奥《おく》に隠《かく》れたフェルマウスの素顔《すがお》を思い出す。

（あなたには、私も会いたいと思っていた。ですが、グレンダンに帰る予定は今のところ

なかったので、諦《あきら》めてはいたのですがね。まさか、こんな形になるとは思いませんでした）

「……陛下《へいか》は、廃貴族《はいきぞく》をどうするつもりなんですか？」

ハイアには聞けない質問をフェルマウスにぶつける。廃貴族がいたから今のような危機《きき》になっている。いなくなるのならそれが一番いいのだけど、持ち去る先がグレンダンとなればカリアンほどに気楽には思えない。

グレンダンにはリーリンやデルクたちがいるからだ。

（さて、どうするつもりなのか……私も知りたいですね。ただ、サリンバン教導傭兵団《きょうどうようへいだん》とは、廃貴族を探《さが》し、持ち帰るために結成された集団です。代替《だいが》わりしても命令に変更《へんこう》がないということは、当時の陛下にではなく、王家になにか、利用法が秘《ひ》されているのでしょう）

「ずっと、陛下の命令を守って探していたんですか？」

（さて……初代が生きていた頃は使命感のようなものがあったような気もしましたが、リュホウの代になってからは、ずいぶんとそれも薄《うす》くなったような気がします。そもそも、リュホウはそんなことがしたくて傭兵団に入ったわけではありませんから）

「え？」

(リュホウはただ、世界をもっと見て回りたかっただけですよ)

意外な答えに、レイフォンは何も言えなかった。

(そのために、デルクには不自由な思いをさせたと、よく漏《も》らしていました。……そんなデルクの弟子から天剣授受者が生まれたと聞いて、リュホウは本当に喜んでいましたよ)

「…………」

その弟子が、デルクの顔に泥《どろ》を塗《ぬ》るような真似《まね》をした。

(だから、ハイアはあなたのことが嫌《きら》いなのですよ)

「どうして、ですか?」

一瞬、サイハーデンの名を汚《けが》したからかと考えた。

(そうではありません)

レイフォンの考えを読んだかのように、否《ひ》定《てい》してくる。おそらく、念威でフェイススコープの中のレイフォンの表情を読んだのだろう。

(ハイアはグレンダンの生まれではありません。雇《やと》われた都市で孤児《こじ》だったのを、リュホウが拾ったのです。拾った時には生意気盛《ざか》りのひねくれた子供《こども》でしたが、リュホウの強さに心服していましたし、そうしているうちに親子の情《じょう》のようなものもできてきました。親が、他人の子供を手放しに褒《ほ》めているところなんて、見たくないでしょう?)

「……よくわかりませんよ」

レイフォンだって孤児だ。親子の情がわかるはずがない。

だが、デルクが他の弟子を褒めているのが面白《おもしろ》くないのはわかる。

（ハイアは、廃貴族を手に入れてグレンダンに帰りたいのですよ。その理由は天剣を手に入れるためです。デルクの弟子にできることが、リュホウの弟子にできないわけがないって、証明《しょうめい》したいのですよ）

今度は本当に笑っていた。機械音声で押《お》し殺した笑い声を表現《ひょうげん》されるのは、とても奇妙《きみょう》な感じがしたが、それは妙にくすぐったくもあった。

親愛の情とでもいうのだろうか？

違《ちが》う……なんだかこう……

うまく整理できなくて頭を抱《かか》えていると、突然《とつぜん》、端子《たんし》にノイズが走った。

（なにをしているんですか、あなたは？）

それは、ひどく冷たい。だけどとても聞きなれた、安心できる声と言葉だった。

「フェリ……先輩《せんぱい》」

フェルマウスが聞いていることを思い出して、慌《あわ》てて『先輩』を付ける。

（わたしの端子が到着《とうちゃく》するまで、まだ少し時間がかかります。ですので、この方の端子を

拝借《はいしゃく》させてもらいました）

フェリの声には不満げなものが宿っていた。

（それはすごい）

機械音声が続く。どうやらレイフォンのそばにある念威《ねんい》端子に、二つの念威が共存しているらしい。

（私の念威を阻害《そがい》するわけでもなく、同調したということですか？　たいしたものです。他者の念威を妨害《ぼうがい》するぐらいは私にもできますが、乗っ取るなんて聞いたこともない）

（すいませんが……）

興奮《こうふん》しているらしいフェルマウスに、フェリは機械音声よりも淡々《たんたん》とした声で言い放った。

（今はこの不治のバカを患《わずら》っているバカに用があるんです。部外者は出て行ってください）

（あ……）

それきり、フェルマウスの声が聞こえなくなった。どうやら念威端子を完全に奪《うば》ってしまったようだ。

姿《すがた》こそないものの、実質的《じっしつ》に二人きりにされたようなものだ。圧倒的《あっとう》な気まずさと緊張《きんちょう》感が全身を絞《しぼ》るように襲《おそ》ってくる。フェリの怒《いか》りの気配だ。

「えーと……ごめんなさい」

（まず謝《あやま》るとは殊勝《しゅしょう》なことですね。それとも、とりあえず謝っておけばいいなんて思ってるんじゃないですか？）

「う……」

（まぁ、いいでしょう。状況《じょうきょう》は理解《りかい》しています。……つくづく、ツェルニのレベルの低さにはあきれ果ててしまいます）

「それは違いますよ」

レイフォンはフェリが理解を示《しめ》してくれたことに安堵《あんど》しながらも首を振《ふ》った。

「ここは学園都市なんです。きっと、これが普通《ふつう》なんですよ」

（……いい迷惑《めいわく》です）

フェリは端的に呟《つぶや》くとニーナたちのことをレイフォンに話し、尋《たず》ねてきた。

（では、なんのためにあの人たちをここに呼《よ》んだのですか？）

学生武芸者《ぶげいしゃ》の実力を当てにしていないというなら、この場にシャーニッドたちを呼ぶ理由がない。

「見てもらうためです」

（見る？）

「汚染獣《おせんじゅう》との戦いを。僕の戦い方はきっと役に立たない。けれど、傭兵団の戦い方はきっと役に立つはずです。フェリ、できたら記録できるようにしてもらえたら嬉《うれ》しいんですけど」

グレンダンでは若年《じゃくねん》の武芸者が戦場に出る前に、熟練者《じゅくれんしゃ》と汚染獣との戦いを観察させる。戦場の空気を感じ取り、汚染獣の恐《おそ》ろしさを肌身《はだみ》で感じさせてから戦わせるのだ。その方が覚悟《かくご》もしやすいし、事前に自分の中で戦い方を模索《もさく》させやすい。汚染獣と頻繁《ひんぱん》に戦闘《せんとう》状態《じょうたい》に入るグレンダンだからこそある習慣《しゅうかん》だ。

（わたしの脳内に蓄積《ちくせき》しただけでは、映像媒体《えいぞうばいたい》への還元《かんげん》は難《むずか》しいですが……フェイススコープに映像化したものを録画するというのは可能《かのう》でしょう。兄に用意させます）

「お願いします。シャーニッド先輩たちにだけ見せて、隊長に見せられないとなると後で恨《うら》まれそうで……」

（準備《じゅんび》させる気をなくすようなことを言わないでください）

「ええ!?」

（嘘《うそ》です。では、とりあえずシャーニッド先輩たちにはそのように伝えます）

「はい。視認《しにん》が可能な位置で待機するように言ってください。あと、どれくらいですか？」

（視認できるだけでいいのでしたらすぐにでも、あと少し待っていただけるなら、わたしの端子が到着しますので、全方位からの映像が撮《と》れます）

レイフォンは汚染獣たちの様子を見て、頷《うなず》いた。

「じゃあ、それでお願いします」

（では、この端子はこのままあなたの補佐《ほさ》に回させてもらいます）

言うと、フェイススコープから見える視界が一瞬暗転し、より鮮明《せんめい》になった。

「やっぱり、こっちの方がいいですね」

（……褒《ほ》めても許《ゆる》しませんからね。後、本調子ではないのですから、無茶《むちゃ》はしないでください）

「わかってます」

それを機に、おそらくシャーニッドたちに伝えるのだろう、フェリの言葉が途絶《とだ》えた。

「さて……」

準備はほぼ整った。

（後は隊長を信じるだけだ）

目の前の汚染獣との戦いなんて、隊長に向けた心配に比《くら》べれば、どれほどのことでもなかった。


レイフォンがそう思っていた頃《ころ》には、すでに決着は付いていた。

ただ、フェリは意図的にそのことを告げなかった。

†

使い慣《な》れた鉄柵《てっさく》で囲われただけの無骨《ぶこつ》なエレベーターで機関部に到達《とうたつ》すると、ニーナは中心に向かってひた走った。

まだ夕方ぐらいの時間だ。清掃員《せいそういん》はいない。機関部を管理している作業員たちにしても、この時間は控《ひか》え室にいることがほとんどだ。ほぼ無人の機関部の中を、ニーナは遠慮《えんりょ》なく全力で駆《か》け抜《ぬ》けていく。

ツェルニの暴走《ぼうそう》。

あの、小さな女の子のような電子精霊《せいれい》が暴走しているというのは、信じられない。

だが、都市が汚染獣を回避《かいひ》するどころか、汚染獣に向かって直進しているというのは事実なのだ。

都市の進行方向で、レイフォンが汚染獣と戦おうとしているのだから。

（くそっ、一体どうなってる？）

それを確認するために、また、そうであれば自分がどうにかするために走っているのだが、疑問《ぎもん》を覚えずにはいられない。

（あんな、優《やさ》しい子が……）

ニーナとツェルニの付き合いは入学して機関部清掃員のバイトを始めてからだ。幼馴染《おさななじみ》であるハーレイと比べれば短いだろうが、学園都市にやってきて、最初に仲良くなったのがツェルニなのだから、そういう意味ではニーナにとって童女の姿《すがた》をした電子精霊は大切な存在《そんざい》であり、そこに付き合いの長さは関係ない。

「なにか悪いことが起きてるんだ」

ツェルニ自身がそれを望むとは思えない。

そこまで考えて、ニーナははっとなった。

ほぼ同時に、ニーナの足が止まる。

脳裏《のうり》には、一つの姿が浮《う》かんでいる。

目の前には中心部の分厚《ぶあつ》いプレートがそびえていた。やや曲線を描《えが》いた何枚《なんまい》ものプレートで出来上がった小山……それが中心部だ。

この中に普段《ふだん》、ツェルニはいる。

「ツェルニ！」

ニーナはツェルニの名を呼《よ》びながらプレートの周りを歩き回った。ぐるりと一周してみても人が中に入れそうな場所は見当たらなかった。

呼びかけるしかない。

「ツェルニ！」

ニーナの声は、機関部特有の騒音《そうおん》の中に飲み込《こ》まれていく。

呼びかけている間にニーナの胸《むね》に湧《わ》き上がってくるものがあった。いや、心臓《しんぞう》の鼓動《こどう》が早くなっている。血流がむりやりに早くさせられたような感じで、胸が苦しい。

ドキドキしている？

高揚感《こうようかん》だ。そうとわかって、ニーナは自分の胸を押《お》さえた。

「……なんだこれは？」

自分の意思や状況《じょうきょう》とはまるで関係なく、体が興奮《こうふん》することを求めている。意思と肉体がまるで逆《ぎゃく》のベクトルに向かっているかのような感触《かんしょく》は不快《ふかい》でしかない。体温が上昇《じょうしょう》しているというのに、頭だけは血の気が引いているようだ。

「く……」

思わず足がよろめき、ニーナはプレートに手をかけた。

と、
ガコ……

「なっ」

ニーナの体が支《ささ》えを失って斜《なな》めに傾《かし》いだ。倒《たお》れる。倒れながら見たのは、寄《よ》りかかったプレートが半ばから内側に折れるようにして開いている様子だった。

咄嗟《とっさ》に受身は取ったものの、床《ゆか》に倒れたニーナはそのまま滑《すべ》っていった。転がった先の床が急な斜面《しゃめん》になっていたのだ。押されたプレートが閉《と》じられる音を聞き、暗闇《くらやみ》に閉ざされたのを感じながらニーナは転がり落ちていった。

「くっ」

肩《かた》が床にぶつかり、止まる。長くは転がっていなかった、せいぜい五回転というところだ。転がらずに滑った分を足してみたとしてもやはりたいした長さではない。

「ここが……中か」

まさかあんな風にして入れるようになっていたとは思わなかった。

起き上がり、周囲を確《たし》かめる。

転がっている時は暗闇だと思ったが、暗くはなかった。淡《あわ》い光源《こうげん》がそう広くもない空間の中央にある。

黄金と青の淡い光が鼓動のように順に放たれ、周囲の闇を緩《ゆる》やかに押しのけては引いていく。

眩暈《めまい》がしそうな光の繰《く》り返しに、いまだに止まらない心臓の高鳴りでニーナはまた気分が悪くなった。

「あそこにいるのか……？」

頭の中で何かがぐるぐると回っている。活剄《かっけい》で体に力を取り戻《もど》すことすらままならず、ニーナは引きずるように足を運んで光の中心に向かった。

繰り返すが、それほど広くはない。すぐに中心で光を放つ物の正体をはっきりと目にすることができた。

「ツェルニ！」

そこにあったのは大きな、機械でできた台座《だいざ》に乗せられた宝石《ほうせき》だった。台座の高さはニーナの腰《こし》辺り、台座は大人が四、五人手を繋《つな》いだぐらいだろう。乗せられているのは宝石といってもカットされたものではない。掘《ほ》り出した原石をそのまま置いているようだ。

台座の接地面からは数本のパイプが生え、外に向かって伸《の》びている。

黒ずんだ石があちこちに付着した状態《じょうたい》のままの宝石は、静かな水面のように透明《とうめい》だった。

その中にツェルニがいる。

だが、ツェルニだけではない。

「……なんだこれは？」

ニーナは、自分の声が震《ふる》えているのに気付いた。

焦点《しょうてん》のあっていないツェルニの瞳《ひとみ》は虚空《こくう》を見つめている。内部がどのようになっているのか、それはわからないが、その中で童女は手足を投げ出すようにして浮いている。まるで死んでいるかのようで、ニーナは背中《せなか》が粟立《あわだ》っていくのを感じた。

「なぜ、いる？」

そのツェルニの背後《はいご》に巨大《きょだい》なものが控《ひか》えている。

黄金色の豊《ゆた》かな毛皮、複雑《ふくざつ》に枝分《えだわ》かれした角はそれだけで存在感を主張《しゅちょう》している。

雄山羊《おやぎ》。

廃貴族《はいきぞく》。

それが死者のように身動きしないツェルニとともに宝石の中に収まっていた。

「貴様《きさま》……なぜいる!?」

ニーナは叫《さけ》び、錬金鋼《ダイト》を抜《ぬ》いた。復元《ふくげん》、怒《いか》りがめまいを吹《ふ》き飛ばし、剄を走らせた。二本の鉄鞭《てつべん》を振《ふ》り上げ、宝石に叩《たた》きつける。

澄《す》んだ音が周囲に響《ひび》く。鼓動のように交互《こうご》に広がっていた青と黄金の光の波が一瞬《いっしゅんゆ》揺らいだが、すぐに元に戻《もど》った。

「くっ！」

弾《はじ》き飛ばされたニーナは空中で姿勢《しせい》を取り戻すと着地した。連続して打ち込んだ鉄鞭に宝石はびくともしていない。

いや……。

（当たる前に、なにかに弾かれたような……）

そんな気さえする。

（なんだ……？　くそ）

フェリの念威端子《ねんいたんし》もニーナとともにここに入っているはずだ。フェリに解析《かいせき》を頼《たの》むこともできたし、もしかしたらすでにそうしているかもしれない。

だが、ニーナはそうしなかった。脳裏《のうり》に浮かんだその考え、反射《はんしゃ》的にフェリの名を呼《よ》びそうになった自分を抑《おさ》え、深呼吸《しんこきゅう》をする。

（レイフォンだって、一人でやっている）

その想《おも》いがある。

怒りで一瞬とはいえ我《われ》を忘れたことが功を奏《そう》した。さっきまでの不快《ふかい》な感覚はない。剄を走らせることができたのがよかったのだろう。

だが、もう一度、あの宝石の檻《おり》に挑《いど》もうとはしない。

（ツェルニになにかあるかもしれない）

どうみてもあれこそが機関部の中心だ。あれが破壊《はかい》されてしまったら都市そのものが機《き》能《のう》不全となるかもしれない。おいそれと手が出せるものではない。怒りに我を忘れたとはいえ、瞬間的に、自分は都市そのものを破壊しようとしたのかもしれない。そう考えると、別の恐怖《きょうふ》がニーナの脳裏を走りぬけた。

しかし、ならどうすればいいのか……

『我……』

「……っ！」

突然《とつぜん》、頭の中で声が湧《わ》いて、ニーナは体を硬《かた》くした。

『我《わ》が身はすでにして朽《く》ち果て、もはやその用を為《な》さず。魂《たましい》である我は狂《くる》おしき憎悪《ぞうお》により変革《へんかく》し炎《ほのお》とならん。新たなる我は新たなる用を為さしめんがための主を求める。炎を望む者よ来たれ。炎を望む者を差し向けよ。我が魂を所有するに値《あたい》する者よ出《い》でよ。さすれば我、イグナシスの塵《ちり》を払《はら》う剣《けん》となりて、主が敵《てき》の悉《ことごと》くを灰《はい》に変えん』

それはかつて、この廃貴族が電子精霊《せいれい》として管理していた都市で、レイフォンが耳にした言葉だった。

だが、ニーナにとっては初めて耳にする廃貴族の言葉だ。

「お前か……喋《しゃべ》っているのは？　イグナシスの塵？　なにを言っている？」

わからないことだらけの廃貴族の言葉に、ニーナは困惑《こんわく》した。だが、すぐにその困惑を払いのける。

わからないことだらけだが、わかる部分もある。それは第十小隊の試合でこの廃貴族が現《あらわ》れた時に聞かされたことも混《ま》ざった上でだ。

「お前は、汚染獣《おせんじゆう》と戦うために誰《だれ》かを求めているんだろう？　ツェルニまでその範疇《はんちゆう》に入れる気か？」

『我が魂を所有するにたる者を得るため、我、行動を起こすなり』

「なに……？」

『状況《じゆうきよう》が人を変革させ、成長させる』

短い言葉を吐《は》いたきり、廃貴族は沈黙《ちんもく》した。

（変革、成長だと……）

思い悩《なや》んだのはわずかな間だけだ。ニーナはすぐにそれに気付いた。

「まさか……貴様、そのためにわたしたちを汚染獣と戦わせようとしているのか⁉」

戦いを強《し》いられれば、人は強くならざるを得ない。強くならなければ生きていけないからだ。電子精霊に守られ、放浪《ほうろう》する都市の中で万が一の危険《きけん》にのみ対処《たいしょ》してきた人々から、電子精霊の恩恵《おんけい》を取り除《のぞ》けばどうなるか……

　まして、都市が自ら望んで汚染獣のところへ赴《おもむ》くようになってしまえば……

　人は、常《つね》に汚染獣と戦い続けなければならない。

「バカな……都市が滅《ほろ》んでしまうぞ」

　汚染獣との戦いには、常に都市の滅亡《めつぼう》の危険が伴《ともな》っている。だからこそ、自律型移動都市《レギオス》は汚染獣から逃《に》げるように動き回っているのだ。

『我を所有するにたる者が現れれば、それに数倍する人類がイグナシスの塵より救われるだろう』

「むちゃ……くちゃな理論《りろん》だ」

　ニーナはうめいた。自らの主を得るために、ツェルニが滅んでもかまわないと言ったのだ。この間はツェルニを守ろうとしていたディンに取り憑《つ》いたというのにだ。

「貴様《きさま》に、この都市を好きにされてたまるか……ツェルニを放せっ！」

　いまだ死者のように動かないツェルニに、ニーナは心のどこかで焦《あせ》りを感じていた。

『お前には極限《きょくげん》の意思というものがない』

　宝石《ほうせき》の中で、廃貴族《はいきぞく》の姿《すがた》がゆらりと揺《ゆ》れた。

『だが、お前には奇妙《きみよう》な感応《かんのう》があるな』

「なにを、言っている……？」

『この都市を守ろうと思考する者よ。ならばお前で試《ため》そう。我を飼う極限の意思なくとも、その感応に全《すべ》てを賭《か》けてみよ』

「なっ……」

わけがわからないなりに身の危険を感じ、ニーナは防御《ぼうぎょ》の型を取った。

だが、それは意味のないものだった。

防御の型に鉄鞭《てつべん》を動かした際《さい》に、ほんのわずかな時間だが鉄鞭がニーナと宝石の間を遮《さえぎ》った。

それは、本当にわずかな時間でしかない。

だが、その刹那《せつな》で宝石から廃貴族の姿が消えた。

そして、するりと……

「なっ、あっ……」

胸の奥《おく》になにかが満ちていく感覚が……

「まさ、か……」

むりやり、押《お》し入るように、胸の奥の自分にもどこにあるのだかわからない空洞《くうどう》に、液《えき》

体《たい》が急激《きゅうげき》な速度で満ちていく感覚が襲《おそ》いかかる。

溺《おぼ》れるような苦しさの中でニーナは形を失っていく意識《いしき》の中で考えた。

(もしかしてこれが……)

あの時、ディンが感じていたものだとしたら……?

「や、やめろぉぉぉぉぉぉっ!!」

ニーナの絶叫《ぜっきょう》はプレートに反響《はんきょう》して、フェリ以外の誰にも届《とど》かなかった。

そして、そこから先がどうなったのか、突如《とつじょ》として念威が届かなくなったフェリには知ることができない。

フェリにできたことは、機関部に人をやらせるようカリアンに伝えることだけだった。

だからこそ、戦いに臨《のぞ》むレイフォンには伝えたくなかった。

†

「さ〜て……」

巨岩《きょがん》に座《すわ》っていたハイアがのっそりと立ち上がった。休眠状態《きゅうみんじょうたい》から抜《ぬ》けきった汚染獣たちは体を震《ふる》わせ、翅《はね》を広げようとしている。

「そろそろ行こうか」

ハイアの呟《つぶや》きに合わせ、各所でのんびりと待機していた傭兵《ようへい》たちから静かな剄《けい》の高まりを感じた。相手を刺激《しげき》させないよう配慮《はいりょ》された剄の走らせ方だ。

「そちらは、どうですか？」

レイフォンはフェリに尋《たず》ねる。

（こちらの準備《じゅんび》も完了《かんりょう》しています）

「僕《ぼく》の記録は取らなくていいですから。……ない方がいいくらいです」

（わかってます。これ以上、あなたを当てにされてもかないません）

フェリの容赦《ようしゃ》のない言葉に苦笑《くしょう》し、レイフォンは汚染獣《おせんじゅう》を確認《かくにん》した。

匂《にお》いから、ここにレイフォンたちがいることはすでに気付いているだろう。こちらを優《ゆう》先《せん》するか、それとももっと濃密《のうみつ》に餌場《えさば》を主張《しゅちょう》しているだろうツェルニまで一気に飛ぶことを選ぶか……

「では、見ててください」

（無茶すんなよ）

届いたのはシャーニッドの声だった。レイフォンは唇《くちびる》だけをわずかに緩《ゆる》め、ハイアに話しかける。

「スタートのタイミングだけは合わせろ、一匹《ぴき》でもツェルニに向かわれたら厄介《やっかい》だ」

「誰に言ってるさ」

ハイアも戦いの前で高揚《こうよう》している。歯を剝《む》いて笑っていそうな声だ。

「おれっちたちは戦場の犬さ〜。嚙《か》み付き方を他人に教えられるような子犬と一緒《いっしょ》にすんな」

「能書《のうが》きはどうでもいい」

レイフォンは複合錬金鋼《アダマンダイト》の大剣《たいけん》を肩《かた》に担《かつ》ぐようにして構《かま》えた。

見れば、ハイアも同じように鋼鉄錬金鋼《アイアンダイト》の刀を構えている。

「一匹も逃《のが》さず刈《か》り取れ」

その瞬間、レイフォンの前面で衝撃波《しょうげきは》が走った。衝剄をそのまま解《と》き放ったのだ。絞《しぼ》られることなくただ前方に無作為《むさくい》に放たれた衝撃波は地面を砕《くだ》き、土煙《つちけむり》が渦《うず》を巻《ま》きながら汚染獣たちを飲み込んだ。

「狩《か》りの時間さ！」

ハイアが叫《さけ》び、一足先に土煙の中に飛び込んでいく。その背後で傭兵たちも地を這《は》うように高速で動き出した。

「レストレーション02」

レイフォンは青石錬金鋼《サファイアダイト》を鋼糸《こうし》に変える。土煙の中から先んじて飛び出してきた一体に目を付けると、足に集中させた剄を解放《かいほう》した。

内力系活剄《けい》の変化、旋剄《せんけい》。

足場の巨岩を一瞬で踏《ふ》み砕《くだ》き、飛び出す。土煙から飛び出してきた汚染獣は蛇《へび》に似《に》た体《たい》軀《く》をくねらせ、翅を震《ふる》わせて大気をかきむしるようにして上昇《じょうしょう》している。

むき出しになった顎の裏《うら》にレイフォンは大剣を振《ふ》り下ろした。

硬《かた》い甲殻《こうかく》をやすやすと切り裂《さ》き、それでも旋剄の威力《いりょく》は落ちない。振り下ろす動作の過《か》程《てい》でレイフォンの体は汚染獣の顎《あご》から胴体《どうたい》の半ばをすり抜け、大剣の刃《は》はその体軀を切り裂いた。

斜《なな》めに分断《ぶんだん》されて崩《くず》れ落ちていく汚染獣を尻目《しりめ》にレイフォンは着地する。勢《いきお》いはまだ死んでいない。両足を食いつかせ、長い二つの線を地面に刻《きざ》みながら、残心もそこそこに柄《つか》尻《じり》で繋《つな》げた錬金鋼《ダイト》を外す。

いまだ土煙が周囲を覆《おお》っているが視覚に不自由はない。

フェリのサポートがある。

滑《すべ》る体をコントロールして振り返りつつ、鋼糸の感触《かんしょく》を確かめる。

倒すべき汚染獣は残り五体。その全《すべ》てに鋼糸が巻《ま》きついたのを確かめて、レイフォンは青石錬金鋼《サファイアダイト》から手を離《はな》した。

即座《そくざ》に、青石錬金鋼《サファイアダイト》の柄が宙《ちゅう》へと昇《のぼ》っていく。その柄が宙の一転で一瞬《いっしゅん》停止し、その場所で激しく揺《ゆ》れ動いた。休眠状態《きゅうみんじょうたい》から目覚めたばかりのところを衝剄《しょうけい》の衝撃波で混乱《こんらん》させられ、まず土煙から脱出《だっしゅつ》しようと動いた結果がこれだ。四方から引っ張《ぱ》り合う綱引《つなひ》きだ。どこか一方が力的に勝《まさ》ることもなくほぼ均衡《きんこう》し、勢《いきお》いを殺されバランスを崩した汚染獣たちは再《ふたた》び地面に引き摺《ず》り下ろされた。

「次だ……っ！」

そう呟き、体内で充塡《じゅうてん》させた活剄を爆発《ばくはつ》させようとして、レイフォンは背中に走った痛《つう》撃《げき》に膝《ひざ》を突《つ》いた。

（フォンフォンっ！）

こんな時にまでそんな愛称《あいしょう》で呼《よ》ぶフェリに、恥《は》ずかしさよりも笑いがこみ上げてくる。

「心配いらないです。ちょっと、背中の傷《きず》が開いただけで」

（それはちょっととは言いません）

「ちょっとですよ。痛みますけど、別にスーツが破《やぶ》れたわけじゃない」

遮断《しゃだん》スーツが破れ、制限《せいげん》時間を与《あた》えられて戦うよりははるかにマシだ。

活剄を爆発《ばくはつ》させ、膝を突いた姿勢《しせい》から宙に飛ぶ。土煙を裂《さ》いて、空を飛ぼうとあがいている一体の頭の上に着地した。

「止まれない場所にいるんです。止まるときは死ぬときだ」

ここに立った以上、自分の体がどうだろうとそれは言い訳《わけ》にもならない。

大剣を振り下ろす。

汚染獣《おせんじゅう》の首が落ちる。

大剣の切れ味に申し分はない。前回の時のようにすぐに熱がこもることもない、生み出す斬線《ざんせん》に揺らぎがないこともあるだろう。肉体的なコンディションは良好とはいえないが、精神的な方は最高だ。

崩れ落ちていく汚染獣の上でレイフォンは空を見上げた。汚染獣と戦っている時に見る空は、いつも錆《さ》びたような赤色をしている気がする。汚染物質《ぶっしつ》の濃度《のうど》がそれだけ高いということなのか、フェルマウスが言っていたことはもしかしたら本当なのかもしれない。

「調子はいいんですよ。……今日は、この空だって斬《き》れそうだ」

（そんなことはどうでもいいですから、さっさと終わらせてください！）

フェリに叱《しか》られて、レイフォンは苦笑《くしょう》した。

「わかりました」

落ちていく汚染獣の丸い頭部を踏《ふ》みつけ、再び宙に舞《ま》う。足下《あしもと》を汚染獣が通り過《す》ぎていった。ようやく敵対者《てきたいしゃ》の姿を見つけたようだ。兄弟の頭を噛み砕《くだ》きながらその汚染獣は方向転換《てんかん》してくる。

空中で回転して上下を逆転させたレイフォンは、大剣の峰《みね》部分を宙に張られた鋼糸に当てて上昇を止める。鋼糸の先では汚染獣が縛《ばく》から解《と》かれようと暴《あば》れている。張り詰《つ》めた鋼糸に大剣を滑らせ移動《いどう》して柄を掴《つか》もうとして……

「ちっ！」

ぶつんと音がして、レイフォンのバランスが崩れた。長い間手を離していただけに、鋼糸に流していた剄が途切《とぎ》れ、絶《た》たれたのだ。上空で暴れていた一体と、もう一体が自由になった。なんとか柄は掴んだものの、力のバランスが片方《かたほう》に傾《かたむ》き、そちらに引っ張られる。勢いにそのまま乗る。放物線を描《えが》きながら飛ばされるレイフォンは鋼糸状態を解き、残りの二体も解放すると、錬金鋼《ダイト》を柄尻で繋げ直す。

「レストレーション01」

鋼糸が瞬時に束ねられ、青い剣身が左手に生み出される。

飛ばされた先には二体の汚染獣。身を翻《ひるがえ》し、もつれるようにレイフォンに迫《せま》ってくる。

慌《あわ》てず、レイフォンは複合錬金鋼《アダマンダイト》のスリットからスティックを抜き出すと、剣帯から別のスティックを取り出し、差し込んだ。

「レストレーションAD」

再復元《さいふくげん》。柄がレイフォンの身長ほども伸《の》び、その先で偃月《えんげつ》の形をした刃が生まれる。大薙刀《なぎなた》と呼《よ》ばれる類の武器《ぶき》だ。

柄尻《つかじり》に青石錬金鋼《サファイアダイト》の剣を付け、レイフォンは剄を走らせ、爆発させた。

外力系衝剄の変化、餓蛇《がじゃ》。

大薙刀とともに自らを巻き込むように回転して、片方の汚染獣に突っ込む。円を描くように回転した薙刀の刃が汚染獣の長い顎《あご》に触《ふ》れ、そのまま巻き込まれるようにその周辺を抉《えぐ》り取って消え去った。

天剣授受者《じゅじゅしゃ》カウンティアの技《わざ》だ。汚染獣の顎を削《けず》り消し去ってやり過《す》ごしたレイフォンは、体の回転を早め、刃の半径を広げた。破壊《はかい》の回転となって汚染獣の体を寸刻《すんきざ》みに抉り取っていく。

最後に翅《はね》を片方もぎ取る。飛行が不可能《ふかのう》となり、相方を巻き添《ぞ》えにして地面に向かっていく二体を、レイフォンは衝剄の反動を利用して降下《こうか》。追いかける。

柄尻にある青石錬金鋼《サファイアダイト》を下にする。

狙《ねら》いは無事な方の汚染獣。

外力系衝剄の変化、爆刺孔《ばくしこう》。

汚染獣の胴体《どうたい》に突き立った剣はそのまま奥《おく》深くまで食い込んだかと思うと、突如《とつじょ》爆発した。指向性のある爆発は、爆風を汚染獣の腹部《ふくぶ》から解放する。大穴《おおあな》を開けた汚染獣から再《ふたた》び宙《ちゅう》に舞ったレイフォンは複合錬金鋼《アダマンダイト》を再び大剣に、青石錬金鋼《サファイアダイト》を鋼糸《こうし》に変え周囲にばら撒《ま》く。

残り二体。

その一体は、すぐそばでレイフォンを待っていた。

巨大《きょだい》な牙《きば》の列が迫ってくる。

左右に開く巨大な牙のような顎の奥には空洞《くうどう》があり、その中にはびっしりと小さな牙が並《なら》んでいる。顎で引きちぎり、その口腔《こうこう》で吸《す》う。吸い込まれた物体は小さな牙でずたずたに引き裂かれ、消化器官に放《ほう》り込まれることになるだろう。

宙に浮《う》いていたレイフォンの体が物理法則を無視《むし》していきなり降下する。

再び解き放った鋼糸を、レイフォンは地面に繋《つな》げていた。

頭上を、汚染獣の長い胴体が高速で駆け抜けていく。殻《から》に包まれて節くれだった足がレイフォンを掴もうとするが、それは剣をふるって弾き返し、あるいは斬《き》り飛ばすことで対《たい》処《しょ》する。

急降下で突進を避《さ》けたレイフォンは汚染獣の胴体に鋼糸を巻く。

再び空中で静止《せいし》したレイフォンに別の汚染獣が襲いかかる。

その汚染獣は、持ち前の異様《いよう》に長い口を開いた。

粘液《ねんえき》を引きながら開かれたそれはレイフォンを飲み込もうとしている。

二本の錬金鋼《ダイト》の噛《か》み合わせを解《と》く。頭上の汚染獣に引っ張られ、鋼糸が一瞬ピンと張る。体を捻《ひね》り鋼糸の上に着地、柄部分に足を引っかけると複合錬金鋼《アダマンダイト》を大振りに構《かま》えた。

外力系衝剄《しょうけい》の変化、閃断《せんだん》。

上段から一気に振り下ろされた複合錬金鋼《アダマンダイト》の剣身から、凝縮《ぎょうしゅく》された巨大な衝剄が斬線の形で放たれる。

大口の汚染獣はその衝剄を正面から受けた。メリメリと音を立てて汚染獣が分断されていく。

レイフォンを中心に左右二つに分かれた汚染獣は内臓《ないぞう》を零《こぼ》しながら通り過ぎ、落ちていく。

足場がいきなり力を失った。大地に繋げていた鋼糸が外れたのだ。宙に放り出されたレイフォンは鋼糸状態の青石錬金鋼《サファイアダイト》の柄を摑んで落下を防《ふせ》ぐ。そのまま振り子の要領《ようりょう》で頭上を旋回《せんかい》する汚染獣の上に移動する。

　錬金鋼《ダイト》を再び噛み合わせ、一つにすると今度は足元の汚染獣《おせんじゅう》の胴体を薙《な》ぐ。先ほどの汚染獣が縦《たて》なら、今度は横に両断された。レイフォンの乗っている腹部が先に落ちる。翅の付いている胴体部はまだ先に進んではいたが、やがてゆっくりと翅の速度が落ち、それに合わせて降下《こうか》していった。

　落下する腹部に巻き込《こ》まれないよう、レイフォンは跳躍《ちょうやく》する。かなりの高さだったが、レイフォンは複合錬金鋼《アダマンダイト》の重量を利用して落下の勢《いきお》いを左右に散らして着地した。

　レイフォンが倒《たお》すべき汚染獣は六体。その全《すべ》てを片付け、レイフォンは深く息を吐《は》いた。体内で高まった活剄を静めていく。ただ、まだ完全に戦いが終わったわけではないので剄を止めることはしないし、錬金鋼《ダイト》も復元したままだ。

「お疲《つか》れ様です」

　フェリの声が念威端子《ねんいたんし》から届《とど》いた。

「……何回見てもすげぇな、お前は」

　シャーニッドの感嘆《かんたん》の声も届く。フェリが通信を開いたようだ。

「自分の目で見ても、信じられない」

　ナルキの声だ。

「……これは夢《ゆめ》か？」

この声はダルシェナか。対抗試合《たいこう》のために小隊に彼女を引っ張《ぱ》り込んだのは聞いていたが、ここに来ているとは思わなかった。

「いや……僕《ぼく》の方はいいから、あっちを見てくださいよ」

照れ隠《かく》しを含《ふく》めて、レイフォンはいまだ戦闘《せんとう》中の向こう側を見た。

傭兵《ようへい》たちを率《ひき》いたハイアが戦っている。

ハイアたちの戦いは、完全に役割分担《やくわりぶんたん》されたものだった。六体の汚染獣の行動が一致《いっち》しないよう、あるいは戦場から離れて都市に向かわないように攻撃《こうげき》を分散させて陽動をかけるのに並行《へいこう》して、ハイアが一体に集中して倒していく。

修復《しゅうふく》したらしいハイアの錬金鋼《ダイト》は、以前と同じ鋼鉄錬金鋼《アイアンダイト》の刀だ。衝剄の乗った刃が汚染獣の殻《から》を容赦《ようしゃ》なく切り裂《さ》く。だが、一度に扱《あつか》う剄の量はレイフォンより少ないためか、刃の範囲《はんい》外での斬撃ができず、一撃で倒すことができないでいる。

「見事なもんだ」

シャーニッドがそう呟《つぶや》く。

「お前が見せたいもんってのはなんとなくわかるな」

「だが、あんなもの……」

そう呟いたのはダルシェナだ。言葉の後半の意味はわかる。

「僕を目指すのは不可能だなんて言うつもりはないですけど、それが在学中に可能だと思いますか？」

「む……」

レイフォンの言葉にダルシェナが唸《うな》った。

「本来の汚染獣を相手にしたときの武芸者《ぶげいしゃ》の戦い方はあっちです。あっちの方が戦術《せんじゅつ》として絶対《ぜったい》的に正しい。僕のは無謀《むぼう》なバカがやってることと同じです」

ハイアの戦いを見る。

彼個人《こじん》の技術《ぎじゅつ》はやはりレイフォンに近いものがあると思う。この間勝てたのは、そのほんの少しの違《ちが》いが出ただけに過ぎない。刀を持ったからといってその勝率《しょうりつ》が劇的《げきてき》に上がるとも思えない。サイハーデンの技《わざ》を知り尽《つ》くしているだろうハイアが相手なら特に、だ。

天剣授受者《じゅじゅしゃ》になれるか……？　レイフォンの目から見れば、剄の量に不満が残るもののそれ以外の部分では問題はないと思う。

やろうと思えば、ハイアにだって成体になりたてのような汚染獣六体を一人で相手にすることは可能だろう。

だが、ハイアはそれをしない。

部下の傭兵たちにサポートさせることで、自分の死ぬ確率《かくりつ》を最大限《さいだいげん》減らして戦っているからだ。

「僕の戦いは、一歩間違えれば即死《そくし》です。一つのミスがそのまま死に繋《つな》がる。誰《だれ》もそのミスを取り返してくれる相手がいないから……」

実際《じっさい》、以前の老性体《ろうせいたい》との戦いでは、そのミスのために錬金鋼《ダイト》を壊《こわ》しかけ、かなりの窮地《きゅうち》に陥《おちい》っていた。ニーナの機転がなければどうなっていたかわからない。

念威端子《ねんいたんし》の向こうで沈黙《ちんもく》が続く。

「だから、見て欲《ほ》しかった。今すぐではないにしても、次には、次がだめでも次の次には、一緒《いっしょ》に戦って欲《ほ》しいから」

以前、ニーナに誰かが無茶《むちゃ》をしているときの気持ちを教えられてしまった。自分がやっていることが、自分のしていることを知っている人たちに心配をかけているというのなら、そんな人たちにできることは、少しでも自分に降りかかる危険《きけん》の率を下げることじゃないだろうか。

「けっこうヘビーなこと言うなぁ、お前さんは」

沈黙を破《やぶ》ってシャーニッドが呟いた。

「すいません」

「……だけど、お前に頼《たよ》られるってのは悪い気分じゃない」

「あたしでも、お前の力になれるって言うなら」

「もちろんだよ」

ナルキの答えに、レイフォンは頷《うなず》いた。

「シェーナ、これが第十七小隊だ」

「ん？」

「悪くないだろ？」

「ふん」

音声だけではダルシェナがどんな顔をしているかわからない。ただ、シャーニッドの押《お》し殺した笑い声だけはよく聞こえた。

と、シャーニッドがいきなり声の調子を一気に軽くして喋《しゃべ》りだした。

「そうなると合宿の続きとか言い出すよな、ニーナなら絶対。となるとあれだ、おれたちがやれなかった合宿中の重大イベントをこなせるぜ」

「へ？」

「ばっかお前、なんでわかんねぇんだよ。風呂《ふろ》だよ風呂。風呂といえばあれだろう……女の子同士の裸《はだか》の付き合い、思わぬタッチアクシデント……それを覗《のぞ》くおれたち！」

「な……っ！」

ナルキの絶句《ぜっく》する声が響《ひび》き、フェリの念威が温度を下げたような気さえした。

「……一度人生をやり直した方がいいと思いますよ。〇歳《ぜろさい》以下から」

「……バカだバカだとは思っていたが、ここまでとはな」

端子の向こうで錬金鋼《ダイト》を復元する音が聞こえてくる。

「いや、おいおいおい、ちょっと待てって冗談《じょうだん》だよ冗談。てか、レイフォンだって一枚噛《まいか》んでんだぜ？　なぁ」

「勝手に巻き込まないでくださいよ」

一瞬だけ集中した殺気をやりすごし、レイフォンは知らぬ存《ぞん》ぜぬを通した。というか実際、レイフォンはそんな企《たくら》みに参加させられた覚えはない。

「おいおい、そんな冷たいことは言いっこなしだぜ。合宿初日のあの夜に、おれたちの決意はあの視線の交錯《こうさく》で伝わったじゃないか」

「いや、そんなことはないですから」

「冷たい後輩《こうはい》だよ。お前は」

やれやれと、シャーニッドが呟《つぶや》く。

「お前のバカに他人を巻き込むな！」

ダルシェナの怒鳴《どな》り声にシャーニッドの悲鳴が被《かぶ》さる。

レイフォンは聞かないことにして、錬金鋼《ダイト》を元に戻《もど》す。

ハイアたちの戦いも終わっていた。

彼らが帰還《きかん》の準備《じゅんび》をするのに合わせて、レイフォンもランドローラーを隠《かく》している場所に向かう。

(隊長は、どう思うかな？)

ふと思う。

ニーナから対抗《たいこう》試合は棄権《きけん》しないと聞いたとき、なんだか置いていかれたような気持ちになった。自分がいなくても第十七小隊はもう大丈夫《だいじょうぶ》だと、だからお前はいらないと言われたような気持ちになってしまった。

だが、ニーナがそんなことを思うはずがない。

それがレイフォンのニーナに対する信頼《しんらい》だ。レイフォンはただ、寂《さび》しさを感じただけなのだ。

自分でニーナたちを強くしようと思っていたのに、いざそんなことを言われたら寂しく感じる自分を恥《は》じた。

だから、カリアンから話を聞いたとき、ニーナたちにこの戦いを見せようと思った。彼女たちを強くする。それには汚染獣《おせんじゅう》と戦うところをちゃんと見せなければいけないと思ったのだ。

(いや、たぶん違《ちが》うんだろうな)

レイフォンは頭《かぶり》を振《ふ》って、偉《えら》そうな自分の考えを否定《ひてい》した。

(ただ僕は、ちゃんとあの場所に混《ま》じりたいんだ)

だから見せたんだ、自分の戦いを、自分の知るグレンダン流の戦い方をもっともうまく体現できるだろう傭兵団《ようへいだん》の戦いを。

「とりあえず、帰ろう」

ツェルニに。

そこにはニーナやフェリやメイシェンたちが待っている。

みんなにもっとうまく自分を見せられればいいな……そう思いながら、レイフォンはランドローラーに乗った。

# エピローグ

エア・フィルターから染《し》み込《こ》んでくるような風の音と、進む都市の揺《ゆ》れに合わせて緩衝《かんしょう》プレートにぶつかる車体の音……この組み合わせを聞くのは二度目だ。

「どうしても、行っちゃうの？」

どこかで聞いたことがあるような台詞《せりふ》を目の前で、しかもわざとらしいウルウルとした瞳《ひとみ》でやられると、腹《はら》が立つというよりも脱力《だつりょく》するしかなかった。

「なにしてるんですか？」

その場に座《すわ》り込《こ》み、足元に置いていた車輪つきのトランクケースに額《ひたい》を押し当て、リーリンは唸《うな》った。過去《かこ》の自分を思い出してしまって、恥ずかしさで死ねそうだった。

「失礼な、別れを哀《かな》しんでるのに」

芝居《しばい》を止《や》めて胸《むね》を張《は》り、シノーラは言った。

リーリンは放浪《ほうろう》バスの停留所《ていりゅうじょ》にいた。思い定めたら行動は迅速《じんそく》に。学校に休学届《とど》けを出し、寮《りょう》にもその旨《むね》を伝える。後は荷造《にづく》りをすると、すでにグレンダンにやってきていた放浪バスへの乗車手続きを行った。

出発前にリーリンはデルクの家で一泊《ぱく》し、そこからここにやってきた。デルクは家の前までしか見送ってくれなかったが、養父らしいとしか思わなかった。

まさか、シノーラがここにいるとは思わなかった。

「なんで、ここにいるんですか？」

「ま、可愛《かわい》い後輩《こうはい》を見送りに来てなにが悪いって言うの？」

「いや、いいですけど、いいですけども……」

シノーラには一昨日の晩に報告《ほうこく》した。そのままこの間の酒場に連れて行かれて、しかも偶然居合《ぐうぜんいあ》わせただけの店の客を巻《ま》き込んで派手《はで》な壮行会《そうこう》が行われたので、シノーラの見送りはそれで終わったと思ってしまっていたのだ。

「ま、行ってきなさい。早く帰れとは言わないけど、元気に帰ってきなさいね」

「……はい」

優《やさ》しい目でそう言われて、リーリンは自然に口元をほころばせた。

「あ、でもできれば早く帰ってきて欲《ほ》しいな。最近のわたしってば一日リーちゃんの胸に触《さわ》らないと落ち着かないのよね」

「知りませんよ」

「……禁断症状《きんだんしょうじょう》が出ない内に帰ってきてね？」

「……なるべく遅《おそ》く帰ります」

指を咥《くわ》えて子供《こども》っぽさを演《えん》じているシノーラに、リーリンは頭痛《ずつう》がしたような気がしてこめかみを押さえた。

覚えのある甲高《かんだか》い笛の音が騒音《そうおん》を切り裂《さ》いていく。

「じゃ、行きます」

「はい、いってらっしゃい」

ちょっとしたお出かけを見送るかのようにシノーラが手を振っている。

(わたしは、こんな気にはなれなかったな)

レイフォンを見送った時のことを考えてしまう。二度と会えないかもしれないと思っているのと、そうでないのとの違いなのだろうか？

シノーラの感覚は他の人とはかなり違うだろうから、あまり当てにはならないだろうけれど。

見送ってくれるシノーラに乗降口でもう一度手を振り、割《わ》り当てられている座席に向かう。

「えっと……ここね」

目当ての席を見つける。長い時間座っていなければならない場所なだけに一人当たりに割り当てられた空間はけっこう広い。横になって眠《ねむ》ることもできるぐらいだ。

荷物を入れる場所は席の頭上にあった。

「お手伝いしますよ」

持ち上げようとしていると、横から腕《うで》が伸《の》びて軽々とトランクケースを持ち上げた。

「あ、ありがとう……」

ございます。そう言おうとしたのだけれど、振り返った先にいた腕の主にリーリンの表《ひょう》情《じょう》はひきつった。

「荷物はこれだけ？　女の子なのに少ないんだね」

当たり前のように気軽に話しかけてきたのは、美形の青年だった。いつも笑っているような瞳でリーリンをすぐそばで見下ろしている。

「サヴァリス……様？」

「しっ。僕《ぼく》の名前はあまりここでは言わないようにして欲しいな」

「な、なんでここに……？」

「うん、ちょっとした極秘《ごくひ》任務《にんむ》で他所《よそ》の都市にでかけないといけなくなったんだ。それで、君はどうして？」

「え？　ええと……」

「ま、いいや。長い旅なんだから、仲良く行こう」

レイフォンに会いに行くなんて言っていいものなのかどうか……悩《なや》んでいるうちにサヴァリスは興味《きょうみ》を失ってしまっていた。

運転手が出発を告げた。

天剣授受者《てんけんじゅじゅしゃ》が放浪バスにいる……旅の安全は保障《ほしょう》されたようなもののはずなのに、なんでだかわからないけれど、不安な気持ちになった。

「いや〜、都市の外って初めてなんだ。楽しみだね〜」

後ろの席で楽しそうに呟《つぶや》いているサヴァリスに、リーリンは憂鬱《ゆううつ》なため息で応《おう》じた。

†

放浪バスを追いかけて停留所から外縁部《がいえんぶ》を延々《えんえん》と歩いていたが、どうやらこの辺りが限界《げんかい》のようだ。シノーラは足を止めると、腰《こし》に手を当て地平の向こうに消えていこうとする放浪バスを見つめた。

普通《ふつう》の人間なら、もはや他の景色にまぎれてわからなくところだが、シノーラには……いや、天剣授受者を従《したが》えるグレンダンの女王、アルシェイラ・アルモニスにはまだ見ることができる。

「さて、どうなることかな？」

　アルシェイラの頭にあるのはサヴァリスのことではない。あれの心配などしたところで意味はない。旅の途中《とちゅう》で死ぬのなら死ねばいいと思う。アルシェイラが求めていることには運も必要だ。サヴァリスが死者として帰ってくるというのであれば、運がなかったということになる。

　もとより、超絶《ちょうぜつ》な才能《さいのう》を必要とする天剣授受者を十二人も揃《そろ》えるということ自体、アルシェイラにはどうすることもできない。運に頼《たよ》るしかないのだ。

　まして、アルシェイラという人間そのものが誕生《たんじょう》したのも運でしかない。

「ねぇ、どう思う？」

　バスから目を外し、アルシェイラは自分の足元を見た。

「さて……な」

　いつのまにか、その場所に寝転《ねころ》がる獣《けもの》の姿《すがた》があった。普通の養殖《ようしょく》される類《たぐい》の獣ではない。犬に似《に》た体軀《たいく》を長い毛で包み、なにより地面に伸ばした四足の先は人間の指に良く似ていた。

　答えたのは、この獣だ。

「どう？　グレンダン。あなたの同類、ここに来てくれると思う？」

「来なければ滅《ほろ》びを撒《ま》くだけだ。そして狩《か》られる。……かつての我《われ》のようにな」

グレンダンの声には突《つ》き放した冷たさがあった。

「遠い昔の話だねぇ」

アルシェイラの呟きに、グレンダンは鼻を鳴らして顎《あご》を地面に投げ出した。

「まぁ、どのようになるかわからないけれど、リーちゃんが無事ならそれでいいやね」

にっと笑うと、グレンダンがまた鼻を鳴らす。すでに視界から完全に消えた放浪バスの先を見ようとして、グレンダンは長い耳を動かして呟いた。

「……鶯《うぐいす》が鳴いたな」

「え？」

聞いたことのない名前にアルシェイラがたずね返したが、グレンダンは口を開かず、大きくあくびして黙《だま》り込んだ。

# あとがき

無謀《むぼう》なる挑戦《ちょうせん》……それがあとがき。雨木シュウスケです。

ええ、今回はおそらくシリーズ最長のあとがきとなることでしょう。

だって、十六ページって言われたもの！

おおよそで文庫二〜三冊《さつ》分くらいの計算ですよ。本編《ほんぺん》でそれをやったら本屋さんの棚《たな》に辞書《じしょ》が置かれてるみたいなことになりますよ。分冊した方が儲《もう》かるよ？

とりあえずやれるだけやってみましょう。だめなら後は雑談モードで（普段《ふだん》のあとがきが雑談じゃないのかとかそんなことは……略《りゃく》）

まずは執筆《しっぴつ》前後に行った東京の話でも。


『収録《しゅうろく》見物に行ったよ』

五巻が刊行されるのは一月なので、ちと旬《しゅん》を過ぎた感じもしますが『鋼殻のレギオス』のラジオドラマ＆ドラマＣＤが製作されることとなりました。ラジオドラマの方はすでに放送されてしまってますが、ドラマCDの方はどうなんでしょうね。発売日とか、そういえば知らない……なんてこった。

とか、書いてたらきっと担当さんが編集部・註《ちゅう》を付けてくれるはずなので、せっかくだからそのスペースを空けておきましょう。

（編集部・註　今回、ドラマCDとして発売されるのは実はラジオ未放送の完全録《と》りおろしボイスドラマです。内容は文庫1巻のストーリーをベースにしたものになっております。発売は4月下旬。通販限定《つうはんげんてい》のFUJIMI版と一般《いっぱん》流通版が発売されますが、違いは特典《とくてん》ディスクに収録《しゅうろく》されるフリートークの内容です。FUJIMI版の申込み締《し》め切《き》りは3月31日なのでお早めに。詳《くわ》しくは携帯《けいたい》通販サイト「FUJIMIモバイルショップ」にアクセスするか、2月末発売のドラゴンマガジン4月号の特集、もしくは富士見書房ホームページをご覧《らん》ください。【この情報は2007年1月時点の情報です】）

よし。

で、収録を見物するために東京に行ったのです。

新幹線《しんかんせん》で。

ええもう、住んでる場所のすぐ近くに空港《くうこう》があるってのにやっぱり新幹線で。なに考えてるんだろうとか思いながらやっぱり四時間くらいかけて東京に行きました。東京行ったその日はホテルの近くでご飯食べてそのまま寝。

で、翌日からスタジオに行ったのです。

スタジオなんて初めてです。

スタッフさんと挨拶《あいさつ》して、それから声優さんに挨拶。おお……この人があの声の、とか思いながら収録スタートです。渡された台本を読んだり、この人のこの声はこんな感じでいいですか？　とか聞かれたりするわけですよ。

なんていうか、畑違いな仕事なので聞かれても当《とう》を得てるのかどうなのかわからない。困ったもんです。おそらくはスタッフさん方は作者のイメージとして間違ってないかどうかを確認したかっただけだと思うんですけどね、いま考えると。いや、隣《となり》にいらっしゃった脚本家《きゃくほんか》さんにそんなことを言ってもらえたような気がします。テンパってたのでよく覚《おぼ》えてません。すいません。

声優さんもやっぱりプロです。渡された台本だけでなく、原作も読んでくださってました。「その漢字の読みはこれで～」とか言うと、「え？　でも原作のルビはこっちになってましたよ？」とか、終わった後に「ヘッド・ロココは手に入ったんですか？」とか、なにげにあの人が飲んでるの酸素水《さんそすい》じゃんとか。

さて、そんなプロの人たちによって作られたラジオドラマ&ドラマCDです。各声優さんのファンの方々だけでなく、レギオスを気に入ってくださっている皆様《みなさま》にも楽しめるものとなっています。ラジオドラマの方は「富士見ティーンエイジファンクラブ」でまだ聞けるはずなので確認してください。

アドレスは「鋼殻のレギオスⅣ　コンフィデンシャル・コール」あとがきで確認してね！（宣伝《せんでん》）

おまけ。収録後に撮《と》った写真がドラマガのカラーページに掲載《けいさい》されてしまいました。ここ最近の体重増加が如実《にょじつ》に現れてて凹。


『殺意の波動がリアルにあったらな〜と思ったよ』

富士見ファンタジア長編小説大賞、第十八回の授賞式があったので行きました。

担当「今度、授賞式があるけど来る〜?」

雨木「行く〜」

なんかこんな感じで。

いやいや、雨木が佳作《かさく》で受賞したのは第十五回、はや三年ですか。月日の流れは早いもんだな〜と思いながらやっぱり新幹線に乗り込んだんですよ。めんどくさがりなので新しいものを使う時にはそれなりに意気を上げないとだめなのです。

さて、岡山でのぞみに乗《の》り換《か》えて東京に向かうわけですが、隣《となり》の席は新大阪まで空《あ》いてました。

このまま誰《だれ》もいないと楽なのにな〜と思ってたけど、そんなに甘《あま》くない。新大阪で人が増えて一気に隣にも座《すわ》られてしまいました。

それは仕方ない、お互《たが》いその座席《ざせき》にお金を払《はら》っている身です。一席分しか買ってない雨木ががたがた言うことじゃない。

本も買ってるし、寝てればいいやと思ったのですが。

隣の人に先に寝られてしまいました。

まあそれで、傾《かたむ》いた頭がこっちに来たとかなら押し返せばいいだけの話。それにそんなことはなかったのですが、それ以上のものを隣の人はやってきやがりました。

いびき。

「んが〜ごおー」

冥界《めいかい》からの呼び声かと言わんばかりの大いびき。こっちが寝るとかそんなことも許《ゆる》されない。しかもイヤホン忘れたから携帯で音楽聴《き》いてごまかすとかもできないよ！

どれだけでかいかって言ったら、同じ車両《しゃりょう》の人たちがぎょっとしてこっちを見るくらい。

ええい、あんたらは苦笑《くしょう》するだけで済《す》むかもしれんが、隣にいるこっちの身にもなってくれ。

そんな心の叫《さけ》びはどこにも通じないまま東京に着きましたとさ。


さて、授賞式ですが、楽しかったです。大阪にいた頃《ころ》は関西在住の作家さん方にお会いする機会もそれなりにあったのですが、東京の方たちに会う機会なんてそんなにありませんので。打ち合わせで東京行っても次の日には帰っちゃいますしね。

人の顔と名前を覚えるのが苦手なので名札《なふだ》つきはホントにありがたい。

四次会くらいまで参加して色んな方とお話させていただきました。


『漫画《まんが》ですってよ奥さん』

これを書く前に『ドラゴンエイジ・ピュア』がうちに届《とど》きました。ドラゴンマガジンの方でも事前に宣伝されていましたが、イラストを担当してくださっている深遊《みゆう》さん自《みずか》らが「鋼殻のレギオス」の漫画を書いてくださることとなりました。

手元にあるピュアは十一月発売の三号です。今回は予告編だそうですので、本編は次の四号からですね。楽しみです。

ちなみに、雨木もどんな話になるのか知りません。他分野の領域《りょういき》に口は出さないと明言しましたので。

本文を書いているのは雨木ですが、登場人物と世界に視覚《しかく》的な色と形を与えてくださるのは深遊さんです。

いわば生みの親の一人。挿絵《さしえ》でしか堪能《たんのう》できなかった深遊さんの絵がコマ割りされて動きを見せてくれるのですから、奥さん買いですよ。

来春発売のドラゴンエイジ・ピュア vol.4 より連載《れんさい》スタートです！

よろしく〜。

『ガチャポンにはまってみた』

ただいまうちのテレビの前にはDBのガチャフィギャアが並んでます。

いや〜別にフィギャアにそれほど興味《きょうみ》はないっていうか……そういえば前巻のあとがきでガンダム集めてましたね。ええと……それほど熱を入れては集めません。集めても手に入れた時点で飽《あ》きる確率《かくりつ》が高いので保管《ほかん》とかはいい加減《かげん》です。一巻のビックリマンにしても同様で、集めたものは輪ゴムで固めて机《つくえ》にポンです。

いまさら〜な感じがあるDBですが、いまだにスカパーでは放送されてたり、小学生とかが使う文具とかにイラストが使われてたりしてて、いまだにDBはお子様方に浸透《しんとう》しています。

漫画連載が終わって何年経《た》ってるのやら……恐《おそ》ろしい。

で、ちっちゃい甥姪《おいめい》がDB好きで、ガチャフィギュアを欲《ほ》しがったりするわけですよ。一番狙《ねら》ってるゴクウとかピッコロが出てなかったので、協力って気分でやったらまぁ、少ない投資《とうし》で出ちゃったもんで、逆《ぎゃく》に「おれたちの苦労は……」って感じに嘆《なげ》かれたりもしたけれど。

それが原因っていうか、久しぶりにガチャをやったら楽しかったのもあって、その次のシリーズが出たときから自分で集めるためにやり始めちゃったわけです。

ただ、甥姪が欲しいのは遊べるタイプの奴《やつ》です。キャラクター一人でポーズつけてる奴ですね。

それが一回、二百円。

で、次っていうか、別シリーズなんですが、ジオラマ風のシーン再現の奴があったんですよ。

こっちは一回、三百円。

こっちをやり始めたわけです。今のところやり始めてから二シリーズ目になってますが、ダブりも少なめでコンプリートできちゃってます。

なんとなーく、「クリリンのことかーっ！」が欲しいなと思うので出ればいいな。手を出し始めた前のシリーズですでに出てたりしたら、もう無理なんだけど。

ていうか、どうやって表現するんだ？

ああでも、次のシリーズが出ても、もう飾《かざ》る場所がないな……

『さあて……』

まだまだページに余裕《よゆう》がありますね。次回予告とかは後に回すとして、さてどうするか……

よし、怪談《かいだん》話をしよう。

雨木は怪談話を聞くのが趣味《しゅみ》でして（語るのは苦手）、デビュー前には自らＨＰを立ち上げて怪談話を蒐集《しゅうしゅう》していました。（※現在は閉鎖《へいさ》しております）

そいつを発表しちまいましょう。

苦手な人はここから先をさくっと飛ばして『次の話』までいっちゃってください。

なお、掲載《けいさい》に際し、投稿者《とうこうしゃ》さんの文章には手を加え、改編《かいへん》させていただいております。

『隣の部屋』

私はある時期、関西で一人暮《ぐ》らしをしていたのですが、隣の部屋の夫婦と思われる住人が毎晩騒《まいばんさわ》いでいて、仕事で疲《つか》れている時など、とても迷惑《めいわく》した覚えがあります。痴話喧嘩《ちわげんか》や、テレビを見て笑う声なども聞こえ、「迷惑なヤツラだなあ」と思って一年半を過ごしていました。

そんなアパートもわけあって引き払うこととなったのですが、流石《さすが》に一年以上も暮らしていると管理人さんとも仲良くなります。

最後に、いろいろなことを話しました。

話題が隣の部屋のこととなり、私が迷惑していたことを話すと、管理人さんは奇妙《きみょう》な顔をして教えてくれました。

隣の部屋には誰も住んでいないのだそうです。

私の住んでいた部屋と、間取りも家賃《やちん》も同じなのですが……何故《なぜ》か入居者が決まらず、三年もの長い間空き部屋となっているのだとか。

……煩《うるさ》くするのは、自分の部屋だけにして欲しいものです。

『古い一軒家《いっけんや》』

俺《おれ》は二年ほど引越し屋のバイトをしていました。ある日、新人を含めて三人で仕事先に向かうと、そこは古い一軒家でした。

嫌《いや》な予感は、日当たりの悪いその家を見たときからありました。

トラックに入れた荷物を家の中に運んでいたのですが、やがて新人が体調不良を訴《うった》えたのです。俺は休憩《きゅうけい》をかねて相棒《あいぼう》に昼食を提案《ていあん》し、それにお客さんも同行することになりました。

驚《おどろ》くほど家が安かったと自分の幸運を話すお客さんとの昼食も終わり、新人の体調も回復《かいふく》したので作業を再開しました。

作業をしていると、入ることをためらわせる部屋があることに気付きました。ですが仕事の都合《つごう》上、いつかは入らなければなりません。

最初に入ったのは相棒でした。俺は、その後を追うようにして部屋に入ったのです。その部屋は寝室に使うには適当《てきとう》な広さの和室でした。

それからです。お客さん以外の誰かが俺たちの作業を見ているような視線《しせん》を感じ始めたのは。

大急ぎで仕事を終わらせ、俺たちは荷台《にだい》が空《から》になったトラックに乗って帰りました。

その途中《とちゅう》、運転していた相棒は車を止め、

「なんか荷台が重い。降ろし忘れがないか？」

そう言い出しました。俺は荷台を確認するためにトラックを降《お》りました。

荷台の扉《とびら》を開けて中を見回すと、やはり荷物はありません。

その代《か》わり、荷台の中は手形で一杯でした。

手形はタイヤの方へと続いていました。

その帰り道、俺たちは事故に遭《あ》い、相棒などは全治《ぜんち》一ヶ月の怪我《けが》を負うこととなりました。

相棒は事故の瞬間《しゅんかん》に見たそうです。

薄《うす》ら笑う老婆《ろうば》の姿を。


『引っ張る』

私がまだ小学生の頃の話です。今住んでいる所へ越して来た時、友達や友達の親、ついには自分の親にまで近づいてはいけないと言われた池がありました。

最初、私はどうして皆《みな》がそんなことを言うのかわかりませんでしたが、後から聞いてみると、その池はなぜか子供ばかりが溺《おぼ》れ、時には死んでしまうという事件が起こっていたらしいのです。

助かった子供は皆、

「水の中でお婆《ばあ》さんが足を引っ張った」

と言うのです。

その沼は私が小学三年生の時、埋《う》められてしまいました。

しかし、埋められた池の跡《あと》は雨が降ると土がまるで血でも含んでいるように赤くなり、泥沼《どろぬま》と化してしまうのです。

やがて、泥遊びをしている子供やその上を通った子供がその泥の中に引き込まれるという事件が起こりました。私の同級生もこの泥沼に引き込まれ、運良く通りかかった大学生二人に助けられました。

助かった子供たちはやはり、一様に同じことを言いました。

「足を誰かに引っ張られた」

現在この泥沼の跡《あと》はコンクリートで舗装《ほそう》され駐車場《ちゅうしゃじょう》になっています。

『こうなったら思い切って』

怪談話を蒐集してみよう。この場で。あいにくと現在HPを持っていませんし、立ち上げる予定もないので、体験談や聞いた話などを雨木作品のあとがきで載《の》せてもいいよという奇特《きとく》な方は富士見書房宛《あて》に送ってください。……と、書いている現在、担当さんの許可はもらってないので、編集者・註で答えていただきましょう。

（編集者・註　もちろんＯＫ。でも、基本的にはあとがきのネタは自分で作る！　ネタがなければ身体《からだ》を張っておもしろネタ作る!!　笑）

だめだった場合……これはmixi参加者限定となりますが、そこに雨木がおりますのでメッセージを送ってください。あいにくとマイミクは同業者以外募集《ぼしゅう》しておりませんので、それにはお答えできませんが、御礼《おれい》のメッセージは返させていただきますし、今回とは違い、投稿者さんの名前も出させていただきます。匿名《とくめい》希望なら、もちろんそのように対応させていただきます。

『次の話』

さて、次は五月刊行予定です。ちょっと間が空きますね。ですが、ドラゴンマガジン四月号から再び短編を三話載《の》せていただくことになっていますので、そちらをお楽しみください。

今回は前回のようにちょろっと本編と絡《から》むよ、ではなく、がっつり絡む感じに作ってしまったので読み逃しをしないようにしましょう。(宣伝)

まぁ、そうはいっても今後の動き次第では外伝的絡みになってしまうかもしれませんけど。

……立ち消え、だけはしないようにします。がんばります。

ああでも、いいな～外伝。憧《あこが》れるな～外伝。フォンフォンの過去話とかニーナの家族話とか、グレンダン襲撃《しゅうげき》事件とか、シノーラ大活躍《だいかつやく》とか、ハイア修行編《しゅぎょうへん》とか、リーリン旅情編とか、フェリ家出編とか、第十七小隊湯煙密室《ゆけむりみっしつ》殺人事件放浪《ほうろう》バス戦慄《せんりつ》の時刻表トリックを暴《あば》けとか……(これは無理)。

……おかげさまの大好評《だいこうひょう》で色々と妄想《もうそう》が実現できてしまうので、今のうちに言っておいて読者さんたちの支持を得よう作戦展開中。

『次回予告』

全員で強くなる……かつてニーナと誓《ちか》ったその言葉。やっと自らの方法を見定めたレイフォンの前に置かれたのは、ニーナ危篤《きとく》という現実だった。刻一刻《こくいっこく》と変化していくニーナの容態《ようだい》、そして狂奔《きょうほん》するツェルニが辿《たど》り着く先は。

グレンダンを出たリーリンもまた、立ち寄った都市で奇怪《きかい》な事件と遭遇《そうぐう》する。

次回、鋼殻のレギオスⅥ　レッド・ノクターン

お楽しみに。

他ジャンルに進出できたのも、派生《はせい》した妄想を現実化させようと努力できるのも読者様方の応援《おうえん》のおかげです。

雨木　シュウスケ

富士見ファンタジア文庫

鋼殻《こうかく》のレギオス5

エモーショナル・ハウル

平成19年1月25日　初版発行
平成21年1月25日　十六版発行

著者——雨木《あまぎ》シュウスケ《しゅうすけ》

発行者——山下直久

発行所——富士見書房
〒102-8144
東京都千代田区富士見1-12-14
http://www.fujimishobo.co.jp
電話　営業　03(3238)8702
　　　編集　03(3238)8585

印刷所——旭印刷
製本所——本間製本

ISBN978-4-8291-1892-4 C0193

第19回「量産型はダテじゃない!」
柳実冬貴&銃爺
大賞賞金300万円にパワーアップ!
ファンタジア大賞
作品募集中!
気合いと根性で送るでござる!
きみにしか書けない「物語」で、今までにないドキドキを「読者」へ。
新しい地平の向こうへ挑戦していく、勇気ある才能をファンタジアは待っています!
大賞 正賞の盾ならびに副賞の300万円
金賞 正賞の賞状ならびに副賞の50万円
銀賞 正賞の賞状ならびに副賞の30万円
読者賞 正賞の賞状ならびに副賞の20万円
詳しくはドラゴンマガジン、弊社HPをチェック!
(電話でのお問い合わせはご遠慮ください)
http://www.fujimishobo.co.jp/
第18回「黄昏色の詠使い」
細音啓&竹岡美穂
第17回「七人の武器屋」
大楽絢太&今野隼史